REIMER BULL

Insichten un Utsichten

De Tiet, de löppt hin,
as de Wind hin weiht

Quickborn-Verlag

Die plattdeutsche Schreibweise
ist unverändert vom Autor übernommen worden.

ISBN 3-87651-275-1

Foto auf dem Umschlag: Anne Bull
Umschlaggestaltung: W. Martens, Hamburg
Gesamtherstellung: Clausen & Bosse GmbH, Leck
*Der Umwelt zuliebe
auf chlorfrei gebleichtem Papier gedruckt
und nicht eingeschweißt*
Printed in Germany

Inhalt

En Woort vörweg

Wo mennigmaal hebbt de Lüüd Reimer Bull fraagt: Wo kriegen Se bloots all Ehr Geschichten her? Un hebben Se dat allens sülm beleevt? Dat hett he natüürlich nich, aver liekers stickt he dor je binnen, as he uns maal vertellt hett. ›Maal bün ik de, maal de‹, hett he seggt, ›maal heet ik Hein Matzen, maal Korl Denker, maal ok eenfach ›ik‹. Un ganz gelegentlich steiht dor ok maal ›Bull‹. Denn aver hebbt wi em fraagt hatt: ›Un wenn Se nu seggen schullen, düsse Geschichten sünd ut mien Leven? Wölk sünd dat denn?‹ Do hett he en paar optellt, aver wedder meent: Ik steek in all mien Geschichten.

Wi aver hebbt dacht, nu, wo he 70 warrt, köönt wi dat je maal verraden, wat he uns vertellt hett, wat för Stücken sien egen Leven sünd, un hebbt dor düt lütt Book vun maakt. Un he hett mitspeelt, hett holpen, wenn he ok jümmerto dibbert hett: ›De Lüüd kennt de Geschichten doch! Un wat de nu ut mien Leven sünd oder nich, dat maakt ehr nich beter un nich ringer. Wat schall dat also?‹

Wi meent, dat schall en Freud ween för all Lüüd, de na Reimer Bull in sien Geschichten söökt. Un amenn schall düt Book ok unsen Autor Reimer Bull freuen.

Hamburg, im August 2003 *Quickborn Verlag*

I

Insichten un Utsichten

Dankreed för de Ehrenbörgerschop vun Marne

Nu stah ik hier un bün ›gerührt‹. Ik wull, mien Mudder un Vadder kunnen noch vörn in de eerst Reeg sitten, denn dat weern de beiden sik wull nich vermoden ween, dat ehr lütt Jung, de dor an' 16. Dezember 1933 in't Marner Krankenhuus op de Welt keem, dat de maal Ehrenbörger vun Marn warrn schull. Un dat mit den Ehrenbörger weer do an' 16. Dezember al meist in de Grütt gahn, denn ik wull nich op de Welt. Över 48 Stunnen hett mien Mudder dormit anseten, hett sik quält, aver ik keem nich ruut. Opletzt hett Dr. Vonderlage seggt, denn hölpt dat nix, wi mööt em mit de Tang ruuttrecken. Un hett de Tang so dull ansett, ik heff hüüt noch de Narv an' Hals. Do leeg ik denn dor, den Hals tweidrückt, un schreeg. Also ik mutt leider seggen, de eerst Indruck vun Marn weer nich de best.

Aver dat hett sik denn je ännert in de över twintig Johr, de ik hier leevt heff, in de Claus-Harms-Straat 38. Hier bün ik to School gahn, hier heff ik mi dat eerstmaal verloovt, do weer ik süß Johr oolt, mit Marianne, ik heff ehr en Gardinenring op den Finger steken, den harr ik in de Waschköök vun Mudder ehr Plastikgardien afsnippelt. Hier hebbt de Lüüd in uns Straat schimpt, de Bull-Jungs, Hartwig un Reimer, dat sünd de frechsten. Fruu Hell ut de Bahnhoffstraat hebbt se Peerschiet dörch dat open Finster in de Wahnstuuv smeten. Se harr uns argert, wat schullen wi ok anners maken. Hier hebbt wi an' Morgen, wenn de Bäcker de Tüten mit Rundstücken vör de Dören stellt hett, de Rundstücken klaut un dor Steen för in de Tüüt leggt. Denn sünd wi na uns Mudder un hebbt strahlt: Heut' hat der Bäcker es aber gut mit uns gemeint. Leider hett Mudder dat naher nich ganz so goot mit uns meent, nadem Naver Ibs un Denker bi ehr bimmelt un fraagt harrn, wat wi womööglich an düssen Morgen mehr as gewöhnlich Rundstücken in de Tüüt kregen harrn, denn wullen se man seggen, dat weern ehr Rundstücken, un se wullen uns dor nu de Steen för trüchgeven.

Hier hebbt wi uns haut mit de Jungs ut de Smeedstraat, Feldstraat un vun de Söven Hüüs. Grote Schietklumpenslachten weern dat. Mien Mudder hett vun allens dat vertellt in dat Book, wat se för mien Broder un mi schreven hett, wat se vun den ersten Dag bit hin na den Dag, wo wi ut de School gahn sünd, mit ehr beiden Jungs beleevt hett. Wat schrifft se dor över de Schietklumpenslachten: »Eines ihrer schrecklichsten Spiele waren die Schietklumpen-Schlachten. Unsere feste, kleiige Marscherde, die bei trockenem Wetter hart wie Stein war, gab wunderbare Wurfgeschosse ab. Mit diesen harten Schietklumpen bewarfen sie sich. Ganze Horden fremder Jungen kamen in unsere Straße. Mit dem Kampfgeschrei: Gingangowa, gilleman, gilleman gingongei! stürmten sie aufeinander los. Was war es, daß diese Kinder sich bekriegten? Mit riesigen Bohnenstangen zogen unsere Jungs los, jetzt waren es schon längst organisierte Truppen, die Schulkameraden gehörten mit zur Kampftruppe. Kämpfte etwa Wohlstand gegen Arbeiterstand?« Denn de annern Kinner, schrifft se, dat weern allens Kinner ut Arbeiderfamilien. Ik weet dat nich, woso wi uns haut hebbt, wenn en lütt is, denn leevt en in un mit de Welt un fraagt nich, in wat för en Welt. Oder doch? Denn ik besinn mi, as ik den enen Namiddag dörch Marn leep, ik weer siet een Week Sextaner, harr mien Sextanermütz op, sowat geev dat noch, do kemen mi dree vun mien olen Klassenkameraden ut de Volksschool in de Mööt, de seten dor nu in dat foffte Schooljohr, un ik wuß foorts, se hebbt wat in' Sinn. Se bleven vör mi stahn, keken op mien Mütz un fungen dat Sticheln an: Wat is dat denn för'n Hoot?

Dat is en Sextanermütz, sä ik.
Sextaners? Wat sünd dat denn?
De gaht as jüm in't foffte Schooljohr.
Lüüd mit so'n Mütz dünkt sik wull wat beters?
Wat schall ik lang vertellen, se leten mi nich vörbi, stunnen dor un säen, nu seh man to, woans du an uns vörbi kummst. Gung ik na de anner Stratensiet röver, gungen se mit, so bün ik mit ehr meist um halv Marn rumlopen, denn harrn se genoch.

So heff ik dat denn langsaam begrepen, in Marn is de Welt ok nich anners as överall. Jedereen will baven stahn un dat Seggen hebben, wat he nu dat Geld, de Knööv oder dat Ansehn hett.

Ik mach sowat nich. Un desterwegen hett mi ok de Geschicht vun den olen Buur Wichmann so goot gefullen. De hett in uns Straat wahnt, weer Ooltbuur, un jeden Sünndag Klock twee kemen sien Kinner ut'n Koog to Kaffee un Koken. Mennigmaal hett denn de ool Wichmann al en Viddelstunn tovör op de Straat stahn un op ehr töövt. Wenn't aver slecht Wedder weer un hett regent, denn hebbt sien Kinner jümmer, wenn se mit ehr Auto op sien Huus toföhren, huupt, tüüt, tüüt, tüüt, dat de Ool de Döör al opmaken schull un se nich lang in' Regen stahn mussen. Süh, un düt Hupen, dat hett nu den Naver vun visavis wild maakt. Un dat weer en Freiherr vun Sowieso. Denn jeedeenmal wenn Wichmann sien Kinner dat Hupen anfungen, schoot de

Freiherr vun sien Sofa hooch, wo he sik op dat Ohr leggt harr. Do is he den enen Dag na Wichmann un hett seggt, sien Kinner schullen dat dore Hupen nalaten. Hupen ist nur bei Gefahr erlaubt, sä he. Tscha, hett de ool Wichmann antert, dor is ok je Gefohr, wenn se nich hupen doot, mark ik nich, se sünd dor, un se mööt in' Regen stahn un töven, bit ik an de Döör bün. Do hett de Freiherr je wull dacht hatt, de Ool will em ökeln un hett fragt: Sagen Sie mal, wissen Sie eigentlich, wer ik bin? Ich bin der Freiherr vun Lüttebohm! Na, hett de Ool seggt, Lüttebohm? Kenn ik nich. Un Freiherr? Dat is mi ok keen Begriff. Seggt dat un lett den Freiherrn stahn.

Düsse Geschicht heff ik mit in't Leven nahmen; en mutt nich mit de Sextanermütz op'n Kopp rumlopen, wenn dat anner Lüüd weh deit. Un noch wat heff ik mit in't Leven nahmen: Hauen döggt nix. Un hölpt nix. Ik hool dat lever mit den Snack: Solang en noch mit Wöör strieden kann, solang kann en ok noch Recht kriegen. Un dorum heff ik as junge Lehrer mi dat ok vörnahmen hatt, de Jungs un Deerns in mien Klass, de schulln dat demokratische Strieden lehrn. Den enen Morgen sä ik:

Vun nu an schull dat in de Klass togahn as in London, in dat Parlament. Dor, wenn ener wat seggen will, steiht he op un driggt sien Kraam vör, un wokeen dorgegen snacken will, de maakt dat jüst so. Dorum schull dat nu keen Melden mehr geven. Finger hoochrecken un töven, bit de Lehrer en opröppt, dat weer je keen Diskereren, dat weer nix as Opropen un Afropen. Dat döggt nix för dat Leven, dor mutt en dat Muul vun alleen opmaken können.

Nu kunnen se aver je nich all toglieke Tiet opstahn un loossnacken, dorum schullen jümmer bloots fief stahn, un wenn vun de fief ener markt, de anner hett al seggt, wat he jüst seggen will, denn schall he sik setten un den Platz frie maken. So kunnen se lehren, dat en op den annern acht un höört. Also, sä ik, vun hüüt an is hier dat Parlament vun England!

Wat hebbt de Deerns un Jungs de Ogen opreten. Parlament? Keen Fingers mehr hoochrecken? Eenfach op to snacken? Denn man to! Un grölen all dörchenanner. Tscha, wokeen lang an de Lien lopen is, de mutt op Kutscher eerst lehren. Aver en halv Johr later harrn se den Bogen ruut, hören openanner, snacken mitenanner.

Aver nu den enen Dag worr ik krank, för mi kummt en Kolleeg, Vertretungsunterricht. De leest ehr en Geschicht vör, un as he dor fardig mit is un will nu sien Fragen stellen, do staht de Deerns un Jungs op un fangt ganz vun alleen dat Snacken över de Geschicht an.

Nanu, denkt de Lehrer, wat is dat denn? Un seggt: Bitte meldet euch, wenn ihr etwas sagen wollt.

Do strahlt de lütt Reiner em an un seggt: Wir melden uns aber nicht mehr.

Was soll das heißen, ihr meldet euch nicht mehr?

Wir sind hier nämlich im englischen Parlament, und da melden sie sich auch nicht!

Do hett de Lehrer dacht, se wüllt em triezen un hett ehr Bescheed geven:

Ihr seid nicht im englischen Parlament, ihr seid in der Schule! Also Finger hoch und melden!

Süh, do worrn se mucksch, stieren den Lehrer an un hebbt dacht: Vun England un dat Parlament, dor weet he nix vun af. Seten den Rest vun de Stunn dor un hebbt dat Muul nich opmaakt. Vun't Muulholen aver kann de Demokratie nich lang vun leven.

Un wat nu mi anlangt, ik schull dat Melden wedder inföhren, hett de Konferenz seggt, vunwegen de ›Kompatibilität‹ mit de annern Lehrers. Dat wull ik aver nich un heff Arger kregen.

Wat hett de ool Schiller seggt: Das Alte stürzt, es ändert sich die Zeit, und neues Leben blüht aus den Ruinen. Dat mach je ween, man wenn dat um de School geiht, denn is dat mennigmaal nich wiet her mit dat Stürzen un dat niege Leven, denn geiht dat na dat Motto: Ein jeder Wechsel schreckt den Glücklichen.

Wenn ik aver hüüt seggen schall, wat is dat Wichtigste, wat ik ut Marn mitnahmen heff in' Leven, denn mutt ik seggen: De Spraak, de hoochdütsche un de plattdütsche Spraak. Wi sünd mit Platt un Hooch groot worrn. In't Huus worr Hooch snackt. Un allerbest Hooch. Uns schull dat nich so gahn as so mennigeen Deern un Jung vun't Land, de mussen dat Hoochdütsche in de School lehrn. Wat hett Vadder vertellt, do weer he Lehrer in Kronprinzenkoog ween, wenn dor so'n Deern oder Jung to laat keem, denn stamer de Lütt: Entschuldigen Sie, Herr Bull, daß ich zu laat komme, man ich mußte erst noch meine Mutter ihren Stautzen von' Bäcker holen. So schull uns dat nich gahn, wi schulln manierlich Hooch snacken. Un Mudder hett dor op acht. Sä ik ›was?‹ sä se, das heißt ›wie bitte?‹, sä ik ›Woass‹, sä se, ›das heißt ›Wurst‹. Aver drullig, wat ik nie nich öövt heff, dat weer dat Plattdütsche. Denn rundumto worr Platt snackt, Mudder kunn dat, Vadder, Oma un Opa, uns Navers un veel Kinner in de School, bit hin na de Oberprima hebbt wi ok op'n Schoolhoff jümmer wedder Platt snackt.

As ik denn aver Student worr un in München leevt heff, do weer dat ut un vörbi mit ›Moin, Moin‹ un ›Tschüüß‹, dor hett dat heten ›Grüß Gott‹ un ›Servus‹. Do is för veel Johren dat Platt achtern Horizont versackt. Man as dat an't Överleggen gung, wo wull ik maal as Lehrer arbeiden, do heff ik dacht, en Lehrer mutt de Spraak vun de Kinner snacken können, dat kunn ik aver je in Bayern nich. So bün ik na Kiel kamen. An de Pädagogische Hoochschool. Un de Rektor vun de PH weer Ivo Braak. De anner Marner Ehrenbörger, mien Vörgänger in't Amt un Fründ as en Vadder an mi.

Un miteens weer dat Plattdütsche wedder dor,

denn wi beiden, wi hebbt meist jümmer Platt mitenanner snackt. Foorts an' ersten Dag, wo ik bi em keem, sä he: Speelst du jümmer noch Theoter, so as in de School? Denn kannst du nu de plattdütsche Studentenbühne övernehmen, ik heff dor keen Tiet mehr för. Mehr as 12 Johr hebbt wi Theoter op Platt maakt. Ivo warr ik mien Leven lang nich vergeten. Fröher sä en ›Professor‹, un so heff ik em ansnackt, Herr Professor Braak. As ik Dr. worr, sä he: Laat den Professor weg. Ab heute: Herr Braak.

Un denn, den enen Dag, ik harr en Theoterstück inöövt, mit Ivo in de Hauptrull, de Lüüd hett dat toseggt, un as de letzt Vörhang bi de Premiere fullen weer, ik stunn achter de Bühne, do keem Ivo, harr sien Dener vör de Lüüd maakt, keem op mi to un sä: Ab heute ›Ivo‹. Ivo, in düssen Momang denk ik an Di!

Aver wat dat Platt anlangt, wi wüllt uns nix vörmaken, dat warrt weniger. Bi de Kinner, dor ritt dat af. As ik vör 30 Johr mit mien Studenten in't Landschoolpraktikum fohrt bün, na Friechskoog, Tellingstedt, Viöl oder sunstwohin op't Dörp, do snakken de Gören op den Schoolhoff noch Platt. Ik weet noch, den enen Dag wull ik mien jungen Lüüd besöken, de ünnerrichten en eerst Schooljohr, ik harr ehr vör dree Weken al maal besocht, man nu dat tweetmaal keem ik meist to laat, dat bimmel al, as ik vör de School parken dä. Do stunn dor so'n lütten Buttjer, keek mi an un sä: Na, büst du wedder dor? Wullt du wedder bi uns tokieken?

So is dat, sä ik.

Tscha, sä he, denn maak man to, dat hett al bimmelt, un dat mach se nich lieden, wenn wi to laat kaamt.

Vundaag snackt meist keeneen vun de lütten Deerns un Jungs mehr Platt op'n Schoolhoff. Sülm op'n Dörp nich. Ok in Langwedel nich, wo ik wahn, liekers de en un anner Lehrerin sik dor veel Möög um dat Plattdüütsch gifft. Maal hebbt se mi inlaadt hatt, ik schull de Lütten wat in un över Platt vertellen. Aver de Lütten kunnen keen Woort Platt. Kloor, en Gedicht opseggen, Rode Grütt, dat kunnen se allerbest, man dat harrn se lehrt, as en Engelsch lehrn kann. Ik seet op'n Proppen un wuß al gor nich mehr, wat ik mit ehr opstellen schull. Wat se denn de Tallen op Platt kunnen, heff ik ehr fraagt, een, twee, dree …? Nee, dat kunnen se ok nich.

Na ja, do hebbt wi dat öövt. Un wo wi so an't Tellen sünd, do full mi miteens mien Vadder wedder in, de harr as lütten Jung en ›Geheimsprache‹, in de kunn he ok bit twölf tellen. Un dat gung so: Eina, zweia, dreia, finka, funka, sacka, bona, knacka, rima, tima, tischka, bumm! Dat vertell ik nu de Lütten. Jungedi, wat weern se miteens hellwaak. Geheimsprache? Sowat kennen se je sülm! Un in Nullkommanix harrn se de Tallen intus: Eina, zweia, dreia, finka, funka, sacka. Denn bimmel dat, se störmen ruut op'n Schoolhoff un dor rappel dat man so vun ›rima, tischka, bumm‹! Ik gung na Huus, een vun de Lütten leep mi noch achterna un reep: Herr Bull, ich weiß nicht mehr, wie ›7‹ heißt!

›Bona‹, sä ik. He strahl un huul af. Tscha, und was lernt uns das? Jedereen hett de Spraak, de he nödig hett, un de he nich nödig hett, de bruukt he ok nich un lehrt ehr nich. Dor mööt wi denn wull noch wat genauer över nadenken, wenn wi wat för Platt doon wüllt.

So kunn ik noch lang vertellen, wat Marn för mi ween is, wat ik vun hier mit in't Leven nahmen heff, will nu aver de allerletzt Geschicht vertellen, ›Die Geschichte meiner Besteigung der Zugspitze‹.

Dat weer 1942, uns Mudder gung dat nich goot, se weer matt un mööd, schull sik verholen, man wohin mit ehr beiden Jungs? Na Bayern, Kinnerlandverschickung. Na'n Ammersee, na Reisting, so hett de Oort wull heten. Wat weern wi begeistert, denn wat harrn se uns tovör vun Bayern vertellt, dor geev dat de Alpen un den höchsten Barg vun Düütschland, de Zugspitze, so hooch, dat en sik dat in Marn al gor nich mehr vörstellen kunn. Un dor schulln wi nu hin! Mien lütten Broder un ik. De aver worr foorts krank dor ünnen, muß in't Krankenhuus, en kathoolsch Krankenhuus, un hett dor dat Grugen kregen, denn de Swestern, de hebbt jümmer vertellt hatt, ünnen in dat Krankenhuus, in de Kapell, in so'n groot Truhe, dor worr de leve Gott in leggen. So hett de Lütt dat neuß ok sien Mudder vertellt: Mutti, unten war der liebe Gott drin, alles war voller Gold und immerzu wurde gebetet. Dat sünd wi in Dithmarschen je nich jüst gewohnt, dat de leve Gott blangen en in de Truhe liggt. Sowat kann en Bang maken, un dorum hett de Lütt ok schreven: Ich mag hier nicht sein, Mutti. Hol mich!

Dat weer aver je nich möglich, he muß in't Krankenhuus blieven, un so kunn he later ok nix gegen mien Vertellen ›Von der Besteigung der Zugspitze‹ seggen. He weer je nich dorbi, denn wieldem he bi den leven Gott in't Krankenhuus leeg, heff ik jümmerto op de Alpen starrt. De legen wiet weg, wo ik mi dat doch so ganz anners dacht harr, wi wahnt merrnmank de Alpen un över uns de Zugspitze. Aver nix, de leeg lüürlütt an' Horizont un weer noch nichmaal jeden Dag to sehn, wenn dor de Wulken vörhungen. Un rop na de Zugspitz un denn dorvun in Marn vertellen, ik weer op de Zugspitze un heff vun baven op Düütschland daalkeken: Nix! Wi sünd vun den doren Ammersee nich wegkamen, hebbt dor speelt un in den See baadt. Aver ›baden‹, dat harrn wi ok in Noorhusen hebben kunnt, bi Mudder Glück um de Eck. Wegen sowat mutt en nich eerst na Bayern fohrn.

Man wo ik mi nu Dag för Dag de Zugspitz ankiek un jümmerto denk, woans mach dat ween, wenn en dor hoochkladdert, do fang ik in mien Breven an Mudder dat Vertellen vun de Zugspitze an.

Un Mudder schrifft veel Johren later in ehr Book: Reimer war von der ganz neuen Umwelt begeistert. Seine Erzählkunst nahm ungeheure Formen an. Wir staunten, was er alles Schöne gesehen hatte. So erzählte er auch von der Fahrt nach der Zugspitze. Da ich selber die Alpenwelt nicht kannte, konnte ich mir keine Vorstellung von einem solchen Ausflug machen. Reimer schilderte diese Alpenfahrt als sein schönstes Erlebnis. Die Fahrt mit der Zahnradbahn, die schneebedeckten Berge, ach, er war hingerissen. Ich fand es fabelhaft. Ich habe erst viele, viele Jahre später erfahren, daß diese Fahrt nach der Zugspitze nie stattgefunden hat. Es ist ein Wunschtraum gewesen. Wie war so etwas möglich? Seine Einbildungskraft, seine Phantasie war so rege, daß er Dinge sah und erlebte, die wir nicht sahen und erlebten. Vati erklärte mir, Reimers Geschichten seien keine Lügen im eigentlichen Sinne, er sähe und erlebte es so. Seine Lust am Fabulieren und Gestalten mache dann manchmal aus einer Mücke einen Elefanten.

Süh, dat Vertellen, dat heff ik vun hier mit in't Leven nahmen un heff dat nie mehr nalaten. Un schull ik maal in' Heven kamen un dor op Mudder un Vadder drepen un denn vertellen, ik bün Ehrenbürger vun

Marn worrn, un wenn Mudder denn Vadder ankickt un flustert ›Zugspitze‹, denn kann ik ehr den Ehrenbürgerbreev wiesen un seggen ›amtlich bestätigt‹. Un dor bün ik de Stadt Marn vun Harten dankbor för!

Ole Straten

Wenn du oolt warrst un kummst na lange Tieden in de lütt Stadt trüch, wo du groot worrn büst, du wullt ehr noch maal sehn, denn geiht de Weg na Huus övern Karkhoff. Du geihst vun Steen to Steen, leest de Naams un sühst ehr all wedder vör di: Opa Piel, Oma Denker, Unkel Mordhorst, dat ool Frollein Ibs; wölk ok al vun dien Schoolkameraden, dat fangt nu langsam an; de Lehrers liegt dor, de Öllern, de Familie. So'n Karkhoff in de Lüttstadt is as en Geschichtenbook.

Du wannerst dörch de Straten vun dien ole Stadt, studeerst de Naams över de Geschäften, kennst ehr, man nu sünd dat all de Kinner un Enkel, de dor ehr Arbeid nagaht. Un kennst ehr nich. Niege Naams, niege Lüüd, för de de Stadt nu ehr Stadt is, un för de du en Frömden büst.

So höört en noch dorto un doch al lang nich mehr. De Stadt is vull vun niege Geschichten. Dat Vertellen höört nich op. Ik aver gah langs de olen Straten un söök de olen Geschichten.

Stah vör de Kark, de weer jümmer dat eerst, wat en vun uns Stadt to sehn kreeg. Wenn wi op uns Rööd vun' Diek na Huus strampeln, matt un mööd vun Water un Wind, denn trööst Mudder uns: Nu köönt wi al de Kark sehn, denn sünd wi ok bald to Huus!

Ik weet noch, as ik dat eerstmaal den Karktoorn hoochkleddern dörv. Mit den Karkendener. An de groten Glocken vörbi. De Treppen worrn jümmer smaller un steiler. Bit wi baven in de Spitz stunnen.

Wat för en Blick! Över de hele Masch. Dor leeg se. Ik weet, de Masch is nich jeedeen sien Gesmack. Dat hett al Claus Harms wußt, de berühmte Paster un Probst, de is hier 1778 op de Welt kamen un hett vun sien Heimat laterhen maal schreven: Nach dem gewöhnlichen Urteil gehört diese Gegend zu den allertraurigsten des Landes, und es ist manchmal für mich bedauert worden, daß ich in einer so schlechten Gegend aufgewachsen wäre. Aver denn seggt he: O, was wollt ihr doch mit eurer schönen Natur! Einmal: die größere Hälfte, der Himmel mit Sonne, Mond und Sternen, ist daselbst, wie ihr einräumt, ebenso schön, wie anderswo und überall; aber dann: eine solche Aussicht, nicht in ein leeres, sondern in ein volles Land, solche Äcker mit ihren Früchten, solche Weiden mit ihrem Vieh, solche Häuser und Scheunen – wo seht ihr die?

Un denn kann en vun dor baven de Geest sehn, den Kleev, un för so'n lütten Buttjer weern dat je al de Bargen. Gewaltig hooch! Un in de anner Richt blänkert de Elv un de See.

Wat sä de ool Hanshinnerk ut de Smeedstraat jümmer: Vun' Pannkoken un vun Sleswig-Holsteen is de Rand dat beste. Un dor dörv he nu wahnen. In Marn! Ah, wat'n Glück!

Aver sülm wenn en an' Rand wahnen deit, de Krieg gung ok an so'n Placken nich vörbi. Wenn de Bomberpulks över uns Köpp flogen un rundum de Flaks ballern, denn stülp Mudder uns Kaffeewarmers över de Köpp, för den Fall dor schull wat mallören, gung mit uns in den Keller daal, dor huken wi mank Weckglöös, Saftbuddeln un de brunen Kruken mit dat Inleggte, un Mudder vertell mien lütten Broder un mi Geschichten, dat wi man keen Bang hebben schullen. Bit de Sireen Entwarnung huul.

Denn susen wi ruut op de Straat un sochen Splitters. Wokeen de gröttsten funn, de gell wat. Maal weern wi so gau na de Straat störmt, wi harrn noch uns Kaffeewarmers op'n Kopp. Do gellen wi nix mehr.

In de en Nacht verloor een vun de Bombers sien Dracht över de Stadt, keen tweehunnert Meter vun uns Betten weg. He hett sik wull verirrt hatt, de Fleger, weer anschaten, wull Hööchde kriegen, hett Ballast afsmeten; un in de Bahnhoffstraat weern se miteens doot oder legen in de Betten un schregen, ehr Slaapstuven harrn keen Wannen un keen Deken mehr.

Ik gah dörch de Claus-Harms-Straat. Hier bün ik groot worrn. In dat Huus mit de Tall 1938 op de dree Sülen. Dat Plaster, wat dor in de Straat liggt, dat Koppsteenplaster, dat hett mien Opa plastert. He weer Tiefbauunternehmer. Un mien Broder un ik, wi hebbt em dor fix bi holpen.

As Mudder den enen Dag to Opa sä: Wannehr kriegt jüm endlich de Straat vör't Huus plastert, de Jungs dreegt soveel Schiet in't Huus, ik kaam dor mit Feudeln nich mehr gegenan! un as Opa anter: Ik heff nich noog Arbeiders! do holen wi uns Kinnerschüffeln un sän: Opa, wi gaht di to Hand! Dunner ja! reep Opa. Twee fixe Jungs, wenn dat nix versleit, denn weet ik nich, wat noch hölpen schall!

So hebbt wi uns Steens mit in de Straat sett; un ik loop över mien egen Plaster.

Dat best weer aver nich dat Plastern, dat weer dat Fröhstücken. Denn kregen wi uns Rundstücken ut de Tüüt, setten de Bruusbuddel an' Mund, as weer't en Beerbuddel. So seten wi dor mank Opa sien Arbeiders. Un wenn de Vörmann Hannes sien Piep ansteek, denn trock ik een vun Opa sien olen Zigarrenspitzen ut de Büxentasch, steek ehr mank de Lippen un blaas in de Luft, as weer ik för dull an't Smöken. Maal keem Mudder dor över to. Wat maakst du denn dor? reep se, un ik anter sinnig: So'n Plastern tehrt, denn mutt'n maal so richtig en dörchtrecken. So harr ik dat vun Hannes höört, un na den Vörmann schall en sik utrichten.

Ik weet noch all Lüüd, de op uns Eck wahnt hebbt: Opa Piel, Oma un Opa Denker, dat ool Frollein lbs, Rechtsanwalt Engel mit sien Gören. Wenn de lütt Schmidt-Deern vun de anner Siet na ehr Mudder blarr: Mutti, Heini Engel hat mir auf den Kopf gehaun! denn löhn de Schmidtsche sik ut' Finster un grööl över de hele Straat: Hau ihm ein wieder auf sein' Dööz. Er ist auch nichts Besseres als du! Un wenn en vun de Grammatik afsüht, denn hett se dor ok recht in hatt: Dööz is Dööz.

So sehg ik ehr noch all vör mi. De Öllern sünd doot, wo de Kinner afbleven sünd, weet ik nich. Bloots Tante Ibs wahnt noch in ehr Huus, de letzt. Wenn ik ehr Stimm höör, denn is mi dat, as muß nu ok glieks mien Mudder ropen: Jüm mööt noch op de Weid un Kaninkenfudder plücken!

De Weid leeg achter uns Huus, nu staht dor Hüüs. Een vun de niegen Straten heet Rudolf-Kinau-Straße. Dat ehrt de Stadtlüüd, dat se an Rudl dacht hebbt. Se hebbt bloots nich wußt, woans he sik schrifft. Mit ›ie‹ hebbt se em op dat Schild sett; een ›i‹ harr langt, dat ›e‹ höört dor nich hin. Mach aver je ween, se kennt den Fehler un seggt: Rudl is uns dat weert, laat em een Bookstaven mehr kriegen!

Ik gah dörch de niegen Straten, kenn de Lüüd nich un nich de Kinner, de op de Straat speelt, un denk: So geiht dat, keeneen vun de hier weet, ünner dat Plaster liegt uns Geschichten.

Geld regeert de Welt! lach Paul Schütt, do verkloor he uns dat Wappen vun uns Stadt. Kiekt maal hooch, Jungs, sä he, na de Midd vun den Raathuusgevel! Wat seht jüm dor? En Mann, de övern Muur kickt. De Mann, dat schall de Hillige Matthäus ween, worum jüst de, dat weet keeneen. Aver wat sünd dat för Ringen rechts un links vun em? Tschaha, sä Schütt, op de kummt dat an! De schüllt Seedieken vörstellen. Un woso Seedieken? Na, wegen den Schutz vör't Water. Aver ik nehm an, grien he, dor stickt noch en annern Sinn achter. Denkt maal scharp na! Mit jeedeen niegen Diek keem Land; mit Land kemen Lüüd; Lüüd mööt eten, drinken, kopen, verkopen. Un wo dän se dat? Jawull! Hier! Un he wies mit den Finger op de Eer vör sien Fööt. De Dalers rullen na Marn! Un för sowat, lach he, kann en je ruhig maal en Seediek in sien Wappen opnehmen. Wi keken em unglöövsch an. Tühn he ok uns wat vör, denn bi de groten Lüüd hett he bloots Tüterpaul heten, he much ehr to geern utzen un brüden.

Na ja, sä he, jüm warrt dor ok noch achter kamen: Op de Welt un vun de Welt, kost allens Geld!

Dor hett he recht in hatt. Un dorum will ik de Geschicht vertellen, woans Unkel Schlichting vun't

Raathuus uns lütten Jungs wegen Geld maal gewaltig in de Kniep brocht hett.

Korl un mi; wi weern do twölf, dörteihn Johr oolt, Fründ anenanner un grote Kasperlespelers. Fernsehn geev dat noch nich, wenn en sik vergnögen wull, denn muß en dor sülm för sorgen. So hebbt wi bi Oma in de Waschkööök för all de lütten Gören ut de Naverschap Kasperletheater speelt. Dat mutt de Lütten gewaltig mitnahmen hebben. Wenn de Vörstellung ut un de Lütten wedder buten weern, denn harrn wi jümmer een, twee, dree lütte Seen op den Footborn. Na ja, wenn so'n Krokodil vun achtern kümmt, un Kasper markt dat nich, denn kann en ok in de Büx maken vör Bangen.

Man nu den enen Dag do kregen wi na so'n Vörstellung en Breev vun't Raathuus: Steuerabteilung. Un düsse Steuerabteilung de schreev, wi harrn de Veranstaltung nich anmellt hatt, aver soveel as se to weten kregen harrn, harrn wi twintig Penn Intritt kassiert, pro Person, un desterwegen mussen wi nu ok Vergnügungsstüür betahlen, denn en Vergnögen weer dat je ween, uns Opföhrung, so as se dat hört harrn. Un mit düssen Breev fellern se uns op, tokamen Dünnersdag, Klock dree, twee Mark un fofftig Penn in dat Raathuus aftolevern, Zimmer fünf, Steuerabteilung.

Jungedi, uns schoot de Schreck in de Knaken! Twee Mark un fofftig Penn? Dat weer je meist de Hälft vun dat, wat wi innahmen harrn! So kregen wi do al mit, wat wi hüüt weet, wo dull de Stüür tolangen kann. Wi keken Mudder an, aver de möök en ernsthaftig Gesicht un sä: Wat de Stadt tosteiht, dat steiht ehr to! Bedregen gifft dat nich!

Na ja, wi je hin. Zimmer fünf. Achtern Schrievdisch seet Unkel Schlichting, anners uns Naver, keek uns nu aver streng an un gnurr: Das nächstemal muß eure künstlerische Darbietung rechtzeitig angemeldet werden! Wo ist die Steuerschuld? Hier! sän wi bedrüppelt un tellen em de twee Mark un fofftig Penn op sien' Schrievdisch. He kreeg sik en Blatt Papier her, Quittung, sä he, schreev un lang uns dat Blatt hin. Danke, murmeln wi un wullen gahn. Halt! reep he do. Erst lesen, dann gehen. Auch eine Behörde muß kontrolliert werden!

Do folen wi dat Papier uteneen un lesen: Zwei Mark und fünfzig Pfennige erhalten. Diese werden aber sofort rückerstattet, denn wir haben heute: Marne, den 1. April, April, April!

Dat is he nu, de Platz. An de Eck vun de School- un Centralstraat. Hier hett he as lütten Jung speelt, he, de later Perfesser worr, Dichter, Schauspeler un Ehrenbörger vun sien Heimatstadt, un nu op den Karkhoff graven liggt. Na em heet de Platz: Ivo-Braak-Platz.

Wenn en dor nu aver steiht un kickt sik den Platz an, denn is dor nich veel to sehn. Autos parkt, en paar Lüüd loopt vörbi. Mehr is dat nich.

Man ik kniep de Ogen en beten to, un miteens is allens randvull vun Leven. De Mauschen Kinner, de vun de Centralstraat, de hebbt den lütten Wille Bumbei, as Ivo in sien Roman ›Tieden‹ heet, jüst fix argert un gröölt nu achter em her:

Wille Bumbei
schitt de Büx twei,
sett en Flicken vör,
schitt se noch maal dör!

Un de Lütt argert sik so dull, do gifft he den annern Dag de Mauschen ehr Zeeg en ganze Buddel Rizinus to supen. Do weer wat loos! Anna, sä Naver Büsing den neegsten Dag to Wille sien Mudder, du mußt di dat so vörstellen, as wenn en Reeg vun Jagdgewehren losgeiht, en na'n annern, dat schoot un knall un sprütt un klatsch, dor hebbt se wenigstens acht Daag an to schüern, bit se den Swienkraam wedder vun de Wannen hebbt!

Ik seh dat vör mi. Man wokeen de Geschichten nich kennt, de steiht dor, süht den Platz un kann sik dor wieder nix bi denken. So as in de Bahnhoffstraat. Wat schall en sik dor ok bi denken, wenn en de olen Villen lang löppt, Villen, as se in de Kaisertiet buut worrn, för Lüüd mit Klei ünner de Fööt. Un wat schall en sik bi den olen Bahnhoff denken, de liggt an't Enn vun de Straat un is al lang keen Bahnhoff mehr. Aver vun hier gung dat maal na St. Michaelisdonn, un St. Michel, dat weer de Anfang vun de Welt, dor heel de Tog na Hamborg.

De Isenbahn aver vun Marn na St. Michel, dat weer *uns* Isenbahn, wi kennen sogoor den Lokföhrer, Unkel Mordhorst, de wahn dree Hüüs wieder lang. Un wokeen kann al seggen, wenn he verreisen will: Onkel Mordhorst, fährst du uns morgen mal nach St. Michel? Mutti will mit uns in den Wald nach Christianslust. Da soll ein Fuchs sein.

Tscha, sä Unkel Mordhorst denn, dat mutt ik denn je wull, wenn jüm en Voss sehn wüllt. Denn kaamt man morgen fröh Klock teihn na'n Bahnhoff.

Süh, so fohr Unkel Mordhorst de Isenbahn för uns na St. Michel. Un wat för'n gewaltige Streck: Marne – Volsemenhusen – St. Michaelisdonn! Acht Kilometer! Na dree Kilometer, kort vör Volsemenhusen, muß Mudder al de eerst Knackwurst rutrücken, denn so'n wiede Reis, de kann en ahn Eten nich överstahn. Un wenn wi denn in Volsemenhusen anhelen, denn sung de Schaffner Fiete Hinz den Naam so luud un lang ut, as wenn he in de Oper weer: Volll-se-menhuuuusen! Ik höör dat hüüt noch.

Aver Unkel Mordhorst is doot, Fiete Hinz leevt ok nich mehr, un vun de ool Isenbahn sünd bloots noch de Gleisen överbleven. Wat sä de Beamte achter den Schalter in' Kieler Hauptbahnhoff vör bummelig twintig Johren, as ik en Fohrkort na Marn kopen wull? Marn, sä he, Marn gifft dat nich mehr, de Bahn is instellt. Bit na St. Michel könen Se mit uns kamen. Un denn? fröög ik. Woans kaam ik vun St. Michel na Marn? To Foot, anter he, woans schall en ok anners an't Enn vun de Welt kamen.

Dat Vertellen höört nich op. De Stadt is vull vun ole un niege Geschichten. Un ut dat Vertellen vun Geschichten warrt Geschichte. Aver wat mien Geschichten anlangt, will ik nu de letzt vertellen.

As ik junge Lehrer weer in Kiel, in de Volksschool, do kreeg ik as eerst Klass en fofftet Schooljohr. Nu harrn wi je ok Erdkunde, un in dat foffte Schooljohr is Düütschland an de Reeg. Un den eersten Dag, wo de niege Kort in de Klass hung, do sä ik: Na, wo liegt auf dieser Deutschlandkarte Kiel? Da seid ihr ja zu Haus. Und wenn man in die Welt hinausgeht, muß man immer wissen, wo ist man zu Haus.

Do starren se je all op de grote Landkort un funnen dat denn ok: Kiel. Aver een vun de lütten Klabauters fröög nu: Und Sie, Herr Bull, wo kommen Sie eigentlich her?

Ich komme aus Marne, sä ik.

Wo ist das denn?

Un do sä ik: Wer Marne auf der Landkarte findet, der hat schon mal ein Ausreichend in Erdkunde. Nu mal los, wo liegt Marne?

Jungedi, wat en Spaaß! Un se funnen dat natüürlich. Haben wir nun ›ausreichend‹? frögen se. Toseggt is toseggt, sä ik, Marne ist ›ausreichend‹.

Vun den Spijöök kemen se gor nich wedder daal, jeedeenmaal wenn wi Erdkunde harrn, wullen se Marne wiesen.

Aver nu, dree Johr later, in dat sövente Schooljohr, do kregen wi Nordamerika. Un wat de Kort vun Nordamerika is, de wiest baven in de rechte Eck noch so'n lüürlütten Zippel vun Skandinavien un Sleswig-Holsteen. Un do an' eersten Dag, wo wi mit düsse Kort arbeiden wullen, do stunn een vun de Jungs op un sä:

Herr Bull, ich nehme an, wir verlassen jetzt Europa und gehen nach Amerika, und wenn man so weit weggeht, dann ist es immer gut, wenn man weiß, wo man zu Hause ist.

Dormit gung he na de Landkort, kreeg sik den Stock her un tipp op den Zippel vun Sleswig-Holsteen.

Hier liegt Marne! sä he, grien un fröög: Hab' ich nun wieder ›ausreichend‹?

Jawull, sä ik, dat langt. En mutt de Welt kennen, aver de Heimat nich vergeten.

Etiketten

Solang as ik mi besinnen kann, kenn ik mien Oma as en lütte, dicke Fruu in swatte Kleeder, de gungen ehr bit op de Fööt daal. Meisttiets seet se achter de Gardien un keek rut. Man nich, dat se de Gardien optrocken harr, sowat hööör sik nich. Wenn en al neeschierig is, denn dött en dat nich marken. Oma harr'n Spion för't Fenster, dor harr se allens mit in't Viseer. Stunnenlang kunn se sitten, kieken un nix seggen. Ik möök mien Schoolarbeiden. Weer nix to hören as de ole Standklock. All Viddelstunn dunner dat Ding los. Man denn schoot ik in' Dutt. Oma harr wat seggt: »Nu löppt Alma Meier hüüt al dat drüttemal na de Stadt! Weet de Fruu nich, wat se will?« Liekers ik noch lütt weer, dat kreeg ik foorts mit: Oma harr Alma Meier en Etikett opbackt. ›Slutterkraam‹ stunn dor op, wat en örntliche Huusfruu is, de maakt sik en Zeddel un löppt man eenmal.

För so'n Spion mußt di wohren. Wenn wi an Emma Witt ehr Fenster vörbigungen, stött mien

Mudder mi in't Krüüz un sä: Gah manierli! Tante Emma kickt.

Ik kann ehr nich sehn, sä ik.

Aver se di, anter Mudder un gung de teihn Schreed an Emma ehren Spion recht wat stiever lang as vördem. Denn sä se: So, nu kannst wedder dammeln.

Do harrn wi den Spion un de ›soziale Kontrolle‹ achter uns.

Man Oma wuß ok ohn Spion wat in de Stadt passeer. Ik weer en junge Mann un studeer in Hamborg, do harr ik en Deern, dat weer en ganze Vergnöögte. Mal besoch se mi in uns Lüttstadt. Se keem mit'n Bus, de heel merrn op'n Marktplatz. As se utsteeg, full se mi um' Hals un drück mi een op. So freu se sik.

Den annern Dag keek ik bi Oma in. Se seet as jümmer achter de Gardien.

Du hest Besöök hatt? sä se.

Ik weer verbaast, wi weern je gor nich bi Oma ween.

Is sowat Mood in Hamborg? Merrn op'n Marktplatz? An hellichten Dag? Hier höört sik dat nich. Dat segg ehr man!

Süh, do harrn wi uns Etikett vun Oma weg: »Verwahrlosung‹. Un denn sä Oma noch:

Worüm hest du ehr nich vörstellt? Harrst Bang, ik much ehr nich lieden?

Dat nich, Oma, sä ik, man wi harrn so wenig Tiet, de wulln wi för uns hebben.

Dat hölp di nix, mien Jung, gnurr Oma, se mutt je ok to uns passen.

Dat weer dat tweet Etikett: Keen nich passen deit, kummt ok nich rin.

So geiht dat mit de Etiketten, ehrer du di versühst, hebbt se di so'n Ding opbackt. Nu büst du för de Lüüd anners nix as dat, wat op dat Etikett steiht. Un wenn dor ›Professor‹ opsteiht, so as bi mi, denn meent veel Lüüd, mit so'n Mann mutt'n anners umgahn un snacken. So as de junge Dokter un de Arbeider dat deen, in de Ogenklinik.

Dat weer ünnen in' Keller, dor worr ik ünnersocht. As ik dor mit dörch weer, wull de Dokter mi den Weg wiesen, keem mit op'n Fluur un sä: Gehen Sie dort bitte die Treppe hoch, Herr Professor. Leider müssen wir Sie nächste Woche noch einmal bemühen.

Bi Lüüd mit dat Etikett Perfesser seggt he ›bemühen‹, bi de annern ohn dit Etikett heet dat man: ›Sie kommen nächste Woche wieder.‹

Dat harrn nu ok'n poor Arbeiders mit anhöört, de snacken Platt mit'nanner, dat kreeg ik foorts mit. Ik gung also de Trepp hooch, funn aver den Weg nich un stunn miteens wedder ünnen.

Nanu! sä ik. Hier weer ik je al. Wo geiht dat denn rut?

Do sä de en vun de Arbeiders: Sie müssen sich oben links halten, Herr Professor, sonst wird das nichts.

Ik je hooch, verbiester mi aver dat tweetmal un stunn wedder vör den Mann.

Verdammi! reep ik. Ik will hier doch nich övernachen!

Sie haben wohl links und rechts verwechselt, sä do de Arbeidcr. Versuchen Sie's man noch einmal.

Ik stapp de Trepp wedder hooch, un ditmal glück dat, ik funn den Utgang.

As ik nu över den Hoff gung, keem dor'n lütten Transporter. De Fohrer leet dat Finster daal un reep: Na, Perfesser, hest je doch noch rutfunnen, wat!?

Dat weer de Arbeider ut'n Keller. Nu he in sien Auto seet, waag he dat, Platt to snacken. Dor ünnen in' Keller hett he wull dacht, ik kunn em een an' Latz haun, wenn he so driest ween weer un harr foorts Platt mit'n Perfesser snackt.

Hett jümmer Lüüd geven, de hebbt meent, Platt, dat is de Spraak vun de lütten Lüüd. Un dat weer se je würkli veel hunnert Johr lang. De Tiet, as de Hanse regeer, do stunn dat Nedderdüütsche bavenan; man as de Hanse togrunn gung, do gung dat ok mit dat Platt den Barg daal. Nu snacken de, de sik wat Beters düchen, Hooch. Do worr Hooch dat Etikett för de feinen Lüüd un Platt dat Etikett för de ringen Lüüd. Mag ween, de en oder anner denkt hüüt noch so, man denn liggt he verkehrt. De Tieden hebbt sik ännert.

De Plattdüütschen hebbt dat aver ok noch mit anner Etiketten to doon. De Spraak sülm hett en Etikett opbackt kregen, op dat steiht: Op Platt kann en seggen, wat'n will, dat klingt jümmer sinnig un kommodig. En kann groff warrn, liekers höört sik dat nich groff an.

Dat will mi nich in' Kopp. Wenn wi uns as lütte Jungs in de Wull kregen un grölen: »Du kriggst glieks en an Latz!« denn hett sik dat nienich kommodig anhöört. Do muß en gau taxeern, hett he mehr Knööv as du, denn mußt' utneihn; hett he weniger, denn kannst ropen ›Kumm man her!‹. Wi hebbt as Jungs Platt snackt, man wi hebbt dat nich wußt, wi dän dat eenfach. Hüüt, wenn de en oder anner Platt snackt, denn weet he dat, denn höört he sik sülm to un denkt: Nu snack ik Platt. Un denn warrt dat so'n Oort Folkloreplatt. As wenn he sik ümtrecken deiht: Weg mit de Jeans! Her mit de Tracht! Nix gegen de Folklore, man mit dat Leven hett se mennigmal soveel to doon as en Aquarium mit de Karibik: Gor nix.

Un denn meent veel Lüüd, nich bloots dat Platt harr sien egen Oort, de Plattdüütschen sülm harrn ehr ok. Denn snackt se vun dat ›nedderdüütsche Wesen‹. Mit so'n Snack mutt'n vörsichtig ween, dor kennt wi ok anner ›Wesens‹: dat düütsche Wesen, dat franzöös'sche, dat engelsche. Sowat is eenfach to, dor kriggt so'n helet Volk en Etikett opbackt. Nu weeßt du Bescheed, wat sünd dat för Lüüd, wat steiht dor op dat Etikett? Jo, natüürlich: De Italjäners, de sünd jümmerto an't Singen ›Bella Napoli‹, de Russ hett dat mit de Seel; de Franzoos is elegant; un wi, de Plattdüütschen, wi snackt nich veel, sünd mennigmal wat groff, aver in uns Hart, dor sitt de Warms bin. Wi wüllt uns nich verbiestern, laat uns so'n Etiketten man weglaten un lever de Lüüd ankieken, wat dat för Minschen sünd.

Wullt du em hebben?

Wat steiht in dat Book Mose, du schallst di keen Biller maken, mach dat nu wat wesen, wat baven in den Himmel is oder hier nerrn op de Eer.

Laat wi den Himmel maal weg, sä Gerd Müller, mi langt dat Billermaken al op de Eer. Do vertell he vun sien Jungsjohren in de Hitlertiet.

Ik weer nich jüst dat, wat en sik ünner'n richtigen Jung vörstell, sä he, weer nich stevig, stramm un harr keen Knööv, weer hager un mager. Ein Jammerbild! reep uns Turnlehrer, wenn he mi an't Reck hangen sehg. Mens sana in corpore sano, gesunder Geist im gesunden Körper, dor mussen wi na streven. Dat weer sien Snack.

Dat heff ik denn ok doon. Wenn en teihn Johr oolt is, höllt en dat nich lang ut, dat Butenvörstahn, un will dortohören. Ik bün lopen, sprungen, heff de Hanteln stemmt un de Klimmtögen öövt, aver dat hett allens nix holpen. Wenn Dubbs Bremer un Ernst Bollmann de Mannschaften för Völkerball wählen, ik bleev jümmer noch as de letzt stahn.

Wullt du em hebben? fröög Dubbs denn. Aver Ernst schüttkopp: Behool em. Na, denn man loos, wunk Dubbs mi, loop bi uns mit. Un sä dat, as worr he en utgeven. Ik harr em afmurksen kunnt. Dat is fofftig Johr her.

Man den enen Dag, do stunn he wedder vör mi, Dubbs. Na fofftig Johr. He weer de Vörsitter vun den Vereen, wo ik en Vördrag holen schull. Dat heff ik nich wußt hatt. Stunn dor, jümmer noch stevig, aver kunn knapp mehr lopen. Athrose un de Bandschiev op. Quäl sik de lütt Trepp na de Bühne rop, begrött de Lüüd, quäl sik wedder daal, sett sik blangen mi un sä: Nu büst du an de Reeg.

Ik stunn op. Gung na de lütt Trepp. Wull ehr hoochgahn. Bleev miteens stahn. Un jump blangen de Trepp mit en'n Sprung na de Bühne rop. Heel den Vördrag un jump wedder vun de Bühne daal. Sett mi to Dubbs.

He starr mi an. Dat is je paradox, fluster he, du hest dien Knaken nich eenmaal Football spelen laten, ik heff ehr jümmer in de Gangen holen, bit hin na ›Alte Herren‹, sitt nu hier, kann mi nich rögen, un du, du hüppst dor rum, dat kann mi argern!

Do sehg ik em wedder vör mi, den lütten Dubbs, höör em fragen ›Wullt du em hebben?‹ un sä: Wenn en dor lang goot vun hebben will, vun de Knaken, denn mutt en fröh anfangen un ehr schonen. Un vergeet nich, Dubbs, mens sana in corpore sano, is de Geist gesund, blifft de Körper dat ok.

Aver denn hett mi dat leed doon, dat ik dat seggt heff un bün dor rumhüppt as en Aap. Wi hebbt en Beer drunken un hebbt dor um snackt, wo lang ole Biller piesacken köönt.

Dat Leven schüürt

Wat nimmt de Minsch sik nich allens vör, wenn he in't Leven ringeiht, sä Peter Timm, do snacken wi över uns jungen Johren. Aver as dat so geiht, ut'n groten Vörsatz warrt mennigmaal mit de Tiet en lütten Nebensatz.

Tscha, dat Leven is ruuch, sä Hein Matzen, dat schüürt un schüürt, bit en glatt warrt.

›Reibungsverluste‹, meen Korl Denker, dor kaamt wi all nich um rum, aver ›glatt‹, dat mutt en dorum noch lang nich warrn. Ik weet noch, vertell he, ik weer Lehrjung bi Emil Ackermann, do heff ik mi wat vörnahmen, ik heff mi dor bit hüüt un düssen Dag an holen.

Emil harr so'n lütten Hökerladen, Papier- und Schreibwaren, bavento hannel he mit wat to Smöken. In sien Laden muß dat jümmer utsehn as in' Spind bi'n Kommiß. Un jeden Dag weer he an't Tellen. Woveel Schacheln Zigarren, woveel Heften, woveel Stapel Papieren op de Regalen legen; woveel

Bliestiften un Radeergummis he noch in de Schuven harr. Un ik muß mittellen. Also wenn't Inventur ween weer, denn harr ik dat insehn kunnt. Aver so? Do heff ik maal seggt, dat worr doch langen, heff ik seggt, wenn wi an Avend dat, wat wi vun de enkelten Artikel verkofft harrn, wenn wi dat vun den Bestand aftrecken worrn, denn wussen wi je, woveel dor noch vun över weer. Wi harrn denn ok mehr Tiet för anner Saken, de Utlagen smuck herrichten, en paar Regen mit de Kunnen klönen.

Do worr Emil stiev. He wunk mi in sien lütt Kontor, möök de Döör achter sik to un blaff mi an: Obsternaatsche Jungs mit Wedderwöör de laat ik hier nich to! En Hahn kann nich ehrer kreihn, ehrer he ut dat Ei kropen is! Un dat mark di: As lütten Lehrjung sittst du noch merrn in dat Ei!

Denn wies he op so'n groten Sack in de Eck un sä: Dor sünd Goosfeddern binnen. De tellst du nu!

Goosfeddern, dat weer een vun Emil sien Spezialitäten, de mit den langen Kiel, de verkoff he as Smuckstücken för'n Schrievdisch, as wenn en op de ole Oort schrieven wull.

Ik keek em unglöövsch an.

Aver Se weten doch nipp un nau, sä ik, woveel as dat sünd.

Ik ja, sä he, aver du nich. En Koopmann, de nich tellen mach, de kummt nich to Putt. Un du lehrst nu eerst dat Tellen!

Denn gung he rut.

Do heff ik mi so in de Giftigkeit rindacht un heff mi dat vörnahmen: Mit mi nich! En halv Stunn later keem he trüch.

Na, woveel sünd dat? fröög he.

319! loog ik.

Verkehrt! sä he. Dat sünd 180 Feddern. Nich maal tellen kannst du.

Nee, sä ik, un ik sä dat recht wat patzig, tellen kann ik nich, un en krummen Puckel kann ik ok nich maken.

Do seet ik vör de Döör, he hett mi rutsmeten.

Aver ik heff em dat trüchgeven. En halv Johr later. Ik lehr nu op Hotelkoopmann bi Peter Gardels. Den enen Avend seet Emil bi uns in't Restaurant. He harr jüst bi een vun mien Kollegen bestellt: Rumpsteak mit Arven, Woddeln un Kantüffeln. Do gung ik na den Kellner un sä: Do mi den Gefallen, laat mi dat Eten an den Disch bringen. Dat dee ik denn ok.

Emil keek verwunnert hooch.

Du? sä he. Wat maakst du hier?

Ik lehr, anter ik.

Wenn dat man wat warrt, sä he, bi mi weerst dor to dumm to.

Ah, sä ik, en beten wat heff ik ok bi Se mitkregen. Un stell em nu sien Teller op den Disch.

Ihr Essen, Herr Ackermann, sä ik, 1 Rumpsteak, 32 Erbsen, 17 Karotten, 5 halbe Kartoffeln. Genau gezählt. Wünsche guten Appetit!

Do weer wat loos!

Ik muß na'n Chef, aver wat sä de to mi?

Kennen Sie Theodor Storm? fröög he.

So'n lütt beten, anter ik.

Dann halten Sie sich auch in Zukunft an diese vier Verse:

Der eine fragt: Was kommt danach?
Der andere fragt nur: Ist es recht?
Und also unterscheidet sich
Der Freie von dem Knecht.

Denn grien de Ool mi an un sä: Emil Ackermann sünd wi as Kunnen wull loos, dorför hebbt wi aver je en plietschen Lehrjung kregen.

Süh, lach Korl, den doren Vörsatz, den bün ik truu bleven. Dat Leven schüürt, dat is wohr, aver glatt mutt en dorum noch lang nich warrn.

Klopp

Klopp is doot.

Güstern avend keem Korl Denker dormit an' Stammdisch, he wies uns de Anzeig in't Blatt. Wi hebbt ehr lang bekeken. Dor stunn dat: Rudolf Klopp. Sanft entschlafen.

Vör keeneen Minsch hebbt wi as Kinner mehr Bang hatt as vör em. Klopp, de Mann mit den lütten Boort ünner de Nees un den Tschako op den kahlen Kopp. De Mann mit den Revolver an de Siet; Klopp mit de Langschäfters, grootmastig gung he de Straten op un daal, he, de Gendarm in uns Lüttstadt. Klopp weer de Allmächtige, liekers de Paster jümmer noch meen, Gott alleen weer allmächtig, he worr allens sehn, hören un weten. Dat much je ween, doch Gott wahn wiet weg, Klopp aver patruleer dörch de Stadt un wull ok allens weten, hören un sehn.

Un nu is he doot.

Tweeunnegentig is he worrn, sä Korl Denker. Friede seiner Seele, hebbt se schreven.

Den warrt se nödig hebben, sä Hermann Öhlerich. Wenn Klopp op de anner Siet all de drippt, de he hier en Tort andahn hett, denn süht dat leeg ut mit sien Freden. Wat hett de Mann de Lüüd triezt! Sülm de Kinner! Maal heff ik em nich grött hatt, do bleev he stahn un reep mi:

Kennst du mich nicht?

Doch, Herr Klopp, heff ik seggt un bibbert.

Und warum grüßt du nicht?

Ich hab' Sie nicht gesehn, Herr Klopp, bitte, sä ik, ich hab' Sie nicht gesehen. Ik harr em würklich nich sehn hatt. Aver he leet mi nich lopen.

Dann grüße jetzt! sä he.

Guten Tag, Herr Klopp.

Do hett he mi den rechten Arm hoochreten un hett mi anblafft:

Weißt du nicht, wie man richtig grüßt!

Denn dörv ik wiedergahn.

Bi de neegste Gelegenheit aver hett he mien Mudder anholen un hett ehr fraagt, woso dat denn keem, wat ik nich richtig gröten kunn.

Tscha, sä Korl Denker, he weer en Achtertückschen. Sülm wenn he uns fründlich düch, he weer dat nich. Ik weet noch den enen Dag, wi maken jüst en grote Schietklumpenschlacht, uns Straat gegen de Österstraat, besmeten uns mit de dröge Eer ut de Vörgaarns. De Straat sehg ut as en Swienstall. Do keem Klopp um de Eck. Foorts leep he root an. He kreeg mi bi de Nack un blaff mi an:

Was soll dieser Schweinkram! Wie sieht die Straße aus!

Do heff ik as ut de Pistol schaten seggt:

Schlacht bei Stalingrad, Herr Klopp. Große Übermacht! Guschi Schröder ist schon verwundet.

Un ik wies op Guschi, de harr jüst en Schietklumpen an' Kopp kregen un heel sik sien Dööz.

Er kriegt das EK I wegen Tapferkeit!

Do hett he mi looslaten, hett nix seggt un is wiedergahn.

De Russen, de vun de Österstraat, de hebbt em en Schietklumpen achterhersmeten. De hett aver leider nich drapen.

Liekers, Klopp fohr as wild rum, greep sik nu Guschi un wull em verjackeln.

Guschi verfehr sik so dull, starr Klopp an un stamer:

Das waren die Russen, Herr Klopp! Stalinorgeln. Wir müssen in Deckung!

Sowat hett Klopp toseggt. He hett de Hand an den Tschako leggt un hett seggt: Macht sie fertig!

Denn aver is he foorts na mien Mudder lopen, sä Korl, un hett ehr anwiest, de Straat muß noch düssen Dag wedder sauber maakt warrn. Ordnung und Sauberkeit. Dor muß he op achten.

Dat hett Mudder so argert, dat he ehr seggen wull,

woans se mit ehr Kinner umgahn schull, do hett se em fraagt, wat se denn wegfegen schull, den Krieg oder den Schiet?

Foorts hett he ehr hellwaak ankeken un hett fraagt, wat dat denn heten schull.

Dat heet, wat dat heet, hett se antert, harrn wi keen Krieg, harrn wi keen Schiet.

Vun den Dag an hett Klopp uns op den Kieker hatt.

Maal keem he dor överto, ik seet in den olen Köhlenschuppen an' Güterbahnhoff un harr mi heemlich en Zigarett ansteken, he wull mi griepen, ik bün utneiht un na Huus hin lopen. Do is he achter mi her. Ik stoov in't Huus, he störm mi na, kümmer sik um keen Klingeln un keen Döör. Do keem Mudder ut de Stuuv, de harr den Spektakel höört, se reet Klopp vun mi loos un fohr em an: Wat fallt Se in, kamen hier in mien Huus un gahn op den Jungen daal!

Klopp japp na Luft un fuuch: Wenn Se ehr Kinner nich an de Lien holen köönt, denn mutt de Staat dat doon!

Do is Mudder witt worrn as Kridd un hett liesen seggt: Ik maak dat al, Herr Klopp, gahn Se man. Bitte!

As he buten weer, hett se de Huusdöör achter em toslaten un hett mi haut, bit se wenen dee. Miteens hett se mi in de Arms nahmen un hett wimmert: He hett uns an de Lien.

He harr all an de Lien, sä Hermann Öhlerich. Liekers weern de Lüüd dor nich mit inverstahn, as de Engländer em na'n Krieg ruutsmeet. Dat weern je doch wilde Tieden, all de Frömden, de Flüchtlinge, de utwärtigen Soldaten, Lüüd, de en nich kennen dee, dennso weer dat je doch beter, hebbt de Lüüd dacht, wenn dor en as Klopp en Oog op harr. Denn dat Oog för dat Irreguläre, dat harr Klopp je, dat harr he ünner Bewies stellt, wenn he dat ok överdreven harr, aver nu harr he je Gelegenheit un kunn dat wedder goot maken un op de richtigen Bambusen achten. Un dorum hebbt se ok all ünnerschreven, as Klopp vun Huus to Huus gung, wat he sik doch nix toschulden kamen laten harr. Do kunn he de Uniform wedder antrecken, de weer niet.

Bi uns is he ok kamen, sä Korl Denker, aver Mudder hett seggt:

Nee, Klopp, mien Ünnerschrift kriegen Se nich.

Wat heff ik denn verbroken? hett he ehr fraagt.

Se hebbt uns Angst maakt, hett Mudder seggt, dat langt.

Do hett he Mudder lang ansehen un hett liesen seggt: Wokeen weet, wat wi noch maal för Tieden kriegen warrt.

Denn is he gahn.

Tscha, sä Korl, Klopp is doot. Wenn allerdings de Tieden wedderkaamt, denn kummt ok Klopp wedder. Dat is so wiß as de Doot.

II

Assi

Wenn in de Universitätsstädten dat Semester wedder anfangt, is dat jümmer en leege Tiet för de jungen Lüüd, wenn se noch keen Stuuv funnen hebbt, denn de sünd knapp. Liegt se good, sünd se düür, un sünd se billig, liegt se wietaf, oder dor is sunst wat mit vermaakt, en schall dat Inkopen övernehmen, den Goarn plegen oder Babysitter spelen. Dat heff ik as junge Mann un Student ok allens achter mi brocht. Aver wat ik mit Erna, de Marktfruu, beleevt heff, ik weet nich, wat dat sowat op de Welt noch eenmaal geven deit. Ik soch de Tiet maal wedder en Stuuv un harr mi al an Morrn, Klock veer, de Zeitung mit de Annoncen besorgt. Dor stunn dat: Stube an Studenten abzugeben. Erna Sowieso. Ab 14 Uhr.

Ik to Klock Twee rin in mien' besten Antog, mit Schlips un Schlaps, denn wat sä mien Vadder jümmer: Een' goden eersten Indruck kannst man eenmaal maken, en tweete Chance gifft dat nich! Klock Twee stunn ik vör de Döör, bimmel, un en lütte, pummelige Fruu möök op. Dat weer Erna, drall un schier as een vun ehr Mettwussen, de se op den Markt verkopen dee.

Na, Sie sehen ja ganz manierlich aus, sä se, sind Sie das aber auch?

Natüürlich, sä ik, mien Vadder is Beamter, und die Miete wird per Dauerauftrag überwiesen!

Ik nehm an, dat hett den Utslag geven. Na, denn schull ik man rinkamen, sä se; denn hett se mi de Stuuv wiest, allerbest, un ik kreeg ehr ok. An Avend schull ik daalkamen, na ehr in de Stuuv, dor wullen wi denn den Verdrag ünnerschrieven un op gode Naverschop anstöten.

Na ja, ik an' Avend je noch maal wedder in mien goden Antog un denn na ehr in de gode Stuuv un sett mi dor in so'n groten, grönen Sessel daal. Nu kriggt se je den Verdrag her, ik ünnerschriev, un denn schenkt se uns en Cognac in un seggt: Nu wüllt wi anstöten.

Süh, un do, jüst, wo ik na dat Glas griepen will, mien rechte Hand, de hangt so'n beten över de Löhn vun den Sessel daal, do kummt dor achter den Sessel en Hund ruut, den harr ik överhaupt nich sehn tovör, en Hund, groot as en Kalv, en Dobermann, grippt na mien Fuust, hett ehr mank de Tähn un fangt dat Kauen an. Ik schreeg op, so heff ik mi verfehrt.

Mein Himmel! reep ik. Wat is dat denn?

Jaha, sä Erna, das ist Assi. Das mag sie für ihr Leben gern, so'n büschen gnurbeln. Lassen Sie sie man ruhig.

Ik heff de Oolsch ankeken, as harr se ehren Klook nich mehr. Mi gung allerlei krusen Kraam dörch den Kopp: Jung, heff ik dacht, nu heff ik endli en Stuuv, un foorts bün ik mien rechte Hand los! Denn dat kann je nich goot gahn, so as de dore Hund an't Gnurbeln is! Wat nu? Treckst de Hand ut de Snuut, büst de Stuuv je loos. Un bitt dat Riesenkalv to – na ja, en kann je ok mit links schrieven. Un tatsächlich, ik heff doch dat Glas mit de linke Hand nahmen un heff ehr toproost. Un se hett seggt: Auf gute Nachbarschaft! Schöön, dat Se Assi so geern lieden mögen.

Twee Johr heff ik dor wohnt, twee Johr mit Assi. Keem ik an Morrn ut mien Stuuv, denn sprung dat Deert mi an, un so'n Dobermann, dor sitt Gewicht achter, wenn en nich fast op de Been steiht, flügg en foorts achterröver. Un sowat is je nich goot, wenn en ünner den Hund to leggen kummt, dat kann so'n Veeh övermöödig maken un denn bitt dat to. Ik heff Angst un Bangen utstahn in de eersten Weken, man denn harr ik mi dor an gewöhnt; wenn ik nu ut de Stuuv keem, heff ik mi al foorts na vörn överböögt, wat ik mi beter gegen Assi anstemmen kunn.

Leger aver weer dat je an' Avend. Erna muß morrns al Klock halvig Fiev ut' Huus un to Markt, sodennig gung se an Avend Klock halvig Negen to Klapp. Nu harr se aver in ehr Slaapkamerdöör, dor harr se Glas in sitten, Riffelglas, un se harr al foorts an' eersten Dag seggt: Nach halb Neun bitte kein

Licht mehr im Treppenhaus und Flur. Das weckt mich auf. Wenn ik Besöök harr, sä se, denn dat sehg se je in, dat ik nich ok al Klock halvig Negen to Bett kunn: Immer schön leise und im Dunkeln die Treppe herunter.

Dat deen wi denn ok. Ik sä to mien' Fründ, as de mi dat eerstmaal besöken dee: Wi mööt in' Düstern daal, faat mit dien linke Hand dat Gelänner an, de rechte leggst du op mien Schuller, un denn: im Gleichschritt, de Trepp daal.

Aver ünnen, vör de Döör vun Erna ehr Slaapkamer, dor leeg Assi, un man knapp, dat se uns baven ut mien Stuuv kamen höör, stunn se op, gung na dat Treppengelänner un legg ehren groten Kopp mit de Snuut so op dat Enn vun dat Gelänner, dat se na baven kieken dee. So stunn se dor un luur.

Wat is loos? sä mien Fründ, do weern wi ünnen ankamen. Worüm bliffst du stahn?

Ik sä: Pst! Dat is man en lütten Ogenblick.

Wat is passeert? sä he.

Pssst! sä ik. Nich so luud! Ik sitt in' Hund.

Wat? fröög he.

Assi, fluster ik, se is an't Gnurbeln.

So gung dat jümmer. Mit de Tiet hebbt wi uns dor an gewöhnt. Wenn mien Fründ dat maal hild harr, denn sä he mennigmaal: Laat uns man al gahn, dat mit Assi duurt je ok noch sien Tiet.

Twee Johr heff ik bi Erna wohnt, denn heff ik de Stadt wesselt un annerwegens studeert, do muß ik mi je wedder en Stuuv söken. As ik en funnen harr heff ik den Mann fraagt: Haben Sie einen Hund?

He hett mi ganz verbaast ankeken. Nee, hett he seggt. Wir haben einen Kanarienvogel. Na, heff ik dacht, wat so'n Kanarienvogel di andohn kann, dat weet ik nich, aver den Kopp op dat Gelänner leggen un Gnurbeln, dat kann he je wull wiß nich. Do heff ik toseggt.

Reiseleiter

Wat seggt de Kooplüüd jümmer: Niemals mit Nein verkaufen! ›Haben wir nicht‹, ›Weiß ich nicht‹, ›Können wir nicht‹, sowat schall en nienich seggen, dor mutt en sik wat anners infallen laten.

Dat hebbt se mi ok maal bipuult. Ik weer do Student un wull mi in de Ferien wat toverdenen. Do lees ik den enen Dag in't Blatt: Touristikunternehmen sucht Zugreiseleiter für die Saison. Auch Studenten.

Jungedi, dach ik, dat weer je wat! Krüüz un quer dörch Europa un denn noch Geld bavento! Also ik na de Firma, stell mi vör, kreeg den Job un kreeg ok foorts en Packen mit Zeddels in de Hannen, dat schull ik utwennig lehrn.

Die Streckenbeschreibung Ihres Reiseweges, sä de Mann vun de Firma, Namen von Seen, Bergen, Burgen. Danach fragen unsere Gäste, Sie müssen Auskunft geben können, ›weiß ich nicht‹ kommt nicht in Frage.

Na ja, ik kreeg mi de Zeddels her un fung dat

Lehrn an, un denn weer ok al de Dag mit mien eerst Tour dor. Wi weern man knapp buten den Bahnhoff, do gung dat Fragen al loos: Wat is dit? Wat is dat? Dor weer dat Enn vun weg! Aver ik schuul jümmer op mien Zeddels un vertell, vertell, as wenn ik mien halvet Leven bloots jümmer düsse Streck op un daal fahrt weer.

Man denn – de Sünn gung al ünner – do keem de Kark. De lütt Kapell op den Hügel. Ik seet in mien Avdeel, dach jüst, den Dag hest du achter di, do klopp dat an de Döör, dree ole Daams.

Wat se mi wat fragen dössen?

Ja, natüürlich, sä ik, man jümmerto.

Wat dat för'n Kark weer?

Dat, sä ik un grabbel na mien Zeddels, de lütte Kark dor …?

Aver de stunn dor nich op. De harrn se wull nich op de Reken hatt.

Dunnerwedder, dach ik, du mußt je wat seggen. Aver wat?

Wenn Sie es nicht wissen, ist es auch nicht schlimm, sä do een vun de Daams.

Opleevst harr ik antert: Nee, ik weet dat ok nich. Aver wat harr de Kerl vun de Firma uns intrichtert: ›Weiß ich nicht‹ gibt es nicht!

Wat bleev mi anners na, do fung ik dat Vertellen an.

De Kark dor, sä ik, dat is en ganze interessante Kark. In de Kark hett Napoleon övernacht, as he op de Flucht vun Rußland na Frankriek weer. He mit en paar vun sien Generalen. Also dat weer so: Laat in de Nacht …

De dree olen Daams keken mi an, ehr Ogen worrn jümmer grötter, un denn sä de een: Aber das müssen Sie doch dem ganzen Zug erzählen! Schalten Sie das Zugmikrofon ein! Das ist ja atemberaubend!

Dat holp allens nix, ik muß dat Mikrofon anstellen, un harr se sik wunnern kunnt, de lütt Kapell op den Hügel, denn harr se dat nu wull doon, dor suus en Isenbahn vörbi, all Lüüd achter de Finstern wiesen mit de Fingers op ehr un repen: Dor hett Napoleon slapen!

Man nu, den annern Dag, de Reis weer to Enn, de Lüüd stegen ut, do keem een vun de olen Daams op mi to un drück mi en Kuvert in de Hannen.

Für Sie! sä se, smuster un gung.

Oh, wat schöön! heff ik dacht. Dat is dat Drinkgeld, un wegen Geld sittst du je hier op den Tog. Ik nück na de ool Daam röver, sä ›Danke‹ un reet dat Kuvert op. Fief Mark! Aver denn steek dor noch so'n lütten Zeddel binnen. Ik fummel em rut, un lees: Apropos Napoleon, dessen Fluchtroute verlief gänzlich anderswo. Aber es war trotzdem eine wunderschöne Geschichte. Vielen Dank dafür. Und: Gott erhalte Ihnen Ihre Ausreden.

De Hirsch

Wat seggt de olen Lateiners? De gustibus non est disputandum. Över den Gesmack schall en nich strieden, de en mach düt, de anner dat. Harr ik dat man as junge Lehrer al begrepen hatt, denn harr ik den Lehrplan foorts an de Kant leggt, denn dor stunn, wi schulln de Gören nich bloots dat Lesen, Schrieven un Reken bibringen, nee, wi schulln ehr ok den richtigen Gesmack bibögen. Den Gesmack för dat, wat schöön is, wat fein utsüht bi Möbels, Teppiche, Tellers, Tassen un Vasen. Künstlerische Geschmackserziehung im Alltag. So hett dat heten.

Un so sä ik den enen Dag to mien Klass: Morgen besuchen wir ein weltberühmtes Studio für Gläser, Vasen und Geschirr. Wir wollen lernen, was es heißt: Moderne Gestaltung von Haushaltsgegenständen.

Dunnerwedder ja! Dat wullen se je all weten. Wi also hin na dat Studio. Jung, wat möken de Lütten ut de foffte Volksschoolklass för Ogen. Sowat harrn se bitherto noch nich sehn hatt! Tellers mit abstrakte

Billers opmaalt; veereckige Tassen un Vasen, de sehgen ut as Plastiken. Aver ik mark foorts, se muchen dat nich lieden. Nee, sän se, dat weern je doch keen Billers dor op de Tellers, dor harrn se sülm veel smuckere, mit en Hehn un en Hahn op, un wenn en lang noog de Grütt weglöpeln worr, dennso keem pö à pö en helen Höhnerhoff vördag. Un so'n Vaas? Baven mit en tackerigen Rand? De sehg je ut as en tweibroken Buddel. Denn schull ik man maal ehr Tellers, Tassen un Vasen sehn, de bi ehr to Huus stunnen, de schull ik mi man lever ansehn, aver doch nich sowat as düt hier in dat Studio!

Süh, un do heff ik seggt: Na schön, dann bringt ihr morgen eure Lieblingsteller, -tassen und -vasen mit in die Schule! Un heff nich ahnt, wat op mi tokamen schull.

Den annern Morgen, ik stüür op de School to, kummt mi de Huusmeister al füünsch in de Mööt. Wat hebben Se sik dorbi dacht! blaff he mi an.

Dacht? fröög ik verwunnert. Bi wat heff ik mi wat dacht?

Eeenmaal un nich wedder! flöök he. Kieken Se sik Ehr Klass maal an!

Ik suus den Gang daal, reet de Klassendöör op un bleev as annagelt stahn. Wat ik dor sehg, dat weer keen Klass mehr, dat weer en Speditionslager. Allens vull vun Kistens, Schacheln, Paketen, Holtwull un knüllte Papieren; de Dischen vullpackt mit Tellers, Tassen, Vasen. Un achter de Dischen seten de Gören, strahlen mi an un wiesen mi nu ehr Smuckstücken: Tellers mit Alpenlandschaft, Seestücken un Seilscheep, Tassen mit Fasans un anner Vagels.

Man denn keem de lütt Reiner. Sien Ogen lüchen, so stolt weer he.

Unser bestes Stück! sä he un wies op en groten Hirsch vun Porzellan. De stunn op de Achterfööt, sotoseggen merrn in' Sprung, un baven, wo dat Geweih seet, dor harr de Kopp en Lock, dor kunn en Blööm rinsteken.

Mutti hat ihn mir erst gar nicht mitgeben wollen, sä he, wir haben ihn nämlich schon von Oma geerbt.

De hele Klass stunn um den Hirsch un staun dat Kunstwark andächtig an.

Mutti sagt, solche Vase gibt es nicht noch einmal, sä de Lütt, keek mi vull Vertruun an un fröög: Und die ist doch nun wirklich schön?

Tscha, wat schull ik do seggen?

Siet den Dag weet ik, wenn dor en kummt un fangt dat Prestern an, he weet nipp un nau, wat schöön, wat fein, wat richtig is un wat verkehrt, denn denk ik an den lütten Reiner sien Hirsch un denk: Schöön? För wen?

Ich roller voran

Du büst doch Schoolmester, sä Hermann Öhlerich, lehrt jüm de Schölers hüüt nich mehr, woans en den annern den Weg beschrieven mutt? ›Wegbeschreibung‹? Is dat ut de Mood?

Wo kummst dor op? fröög ik.

Dat worrst nich frogen, sä he, wenn du dat achter di harrst, wat ik achter mi heff. Ik weer güstern in Itzehoe, ik schull na dat Raathuus. Un dat will ik di seggen, sä he, Itzehoe un Wegbeschreibung, dat is en Kapitel för sik. In de Merrn vun de Stadt allens Einbahnstraßen. Na, denk ik, fraag man lever, ehrer du hier rumbiestern deist. De Ampel worr jüst Root, ik dreih de Schiev dal un fröög en Mann: Wo geiht dat hier na dat Raathuus?

Oha, sä he, dat is nich so eenfach to! Wenn't de Bahnhoff weer, kunn ik Se dat licht verkloren, man dat Raathuus ...?

Do sprung de Ampel op Gröön.

An de neegste Ampel reep ik en Fruu to: Ik schall na dat Raathuus.

Na dat ole oder na dat niege?

Dat hett mi keeneen seggt, wat jüm twee hebbt.

Dat is ok eendoon, sä se, de liegt beid blangenanner.

Do sprung de Ampel al wedder op Geel.

Un woans kaam ik dorhin?

Dat is nich wiet weg, reep de Fruu achter mi her, tweehunnert Meter Luftlinie.

Nu vertell du mi maal, sä Hermann Öhlerich, woans du mit dien Auto Luftlinie fohrn schallst. So warrt dat nix, dach ik, fohr an de Kant un fröög en jungen Mann.

Na dat Raathuus? Keen Problem, sä he. Vörn links, denn de tweete Ampel rechts, denn links, de drütte Straat rechts, denn liekut, un dor, wo de Straat spitz tolöppt, dor liggt dat Raathuus.

Süh maal, sä Hermann, ›links‹, ›rechts‹, ›tweete Ampel‹, ›liekut‹, dat kann ik mi je allens vörstellen, aver nu beed ik di, wat is en Straat, de ›spitz‹ tolöppt?

Dat holp je nix, ik muß nochmaal wedder ran un fröög en olen Mann.

Deit mi leed, sä de, ik fohr keen Auto, dor kann ik mi nich rindenken.

Sühst wull, dor kummt dat op an, sä Hermann, en mutt sik in den annern rindenken könen, anners warrt dat nix mit de Wegbeschreibung. Dat bring de Gören in de School man bi!

Do ik, Hermann, sä ik, do ik.

Den annern Dag heff ik en fein Bild an de Tafel maalt. Mit Straten, Ampeln un en Autofahrer. De höllt bi Root, un blangen em steiht en lütten Jung mit sien Rad.

So, sä ik to de Lütten in de tweet Klass, düsse Autofahrer weet nich, woans he na de Parkstraat fohren mutt, un nu fraagt he den Jungen. Wat schall de nu seggen?

Ik heff dacht, dat geev man twee Lösungen. De eerst schull heten: Bis zur vierten Ampel, dann links abbiegen, die dritte Straße rechts ist die Parkstraße.

Aver de Kinner schullen sik je in den Autofahrer rindenken, un för den weer't eenfacher, he muß keen Ampeln tellen. So kunn en beter seggen, un dat weer de tweet Lösung: Diese Straße bis zum Ende fahren, dann links abbiegen. Wieder bis zum Ende fahren, dort beginnt rechts die Parkstraße.

An de drütt Lösung heff ik nich dacht, aver de hett Peter Piel funnen. He schull den Jung mit dat Fohrrad spelen.

Ich hab' kein Fahrrad, sä he, kann ich auch meinen Roller nehmen?

Natüürlich kannst du dien' Roller nehmen, sä ik. Aver nu man loos, nu warrt de Ampel Root.

Un de Lütt starr op dat Bild an de Tafel. He weer för dull an't Gruveln, kratz sik an' Kopp un sä miteens:

Das kann ich nicht beschreiben. Ich weiß aber genau, wo das ist. Fahren Sie langsam hinter mir her, ich roller voran.

Ik nehm an, Hermann Öhlerich harr sik höögt, wenn he in Itzehoe so'n Jung an de Ampel drapen harr. Wenn't ok nich jüst en ›Wegbeschreibung‹ weer, aver rindacht in den Autofohrer, dat hett he sik, de Lütt.

Wettreken

Annerletzt weer ik in de School un heff den Ünnerricht tokeken. De veerde Klass harr Reken. Weer ok allens prima. Man denn, de Stunn gung op't Enn to, do sä de junge Lehrerin: Und nun wollen wir noch ein bißchen Spaß haben. Wettrechnen!

Nu mussen se sik all achtern an de Wand opstellen, de Lehrerin bleev vörn un stell de Opgaven: 3 x 8, sä se, plus 6; geteilt durch 5.

Achtern weern se för dull an't Reken, denn gröölok al de Eerst: Sechs!

Richtig, sä de Lehrerin. Un he dörv en Schridd vörtreden. So gung dat nu wieder. Wunnen hett, de as de eerst bi de Lehrerin vörn anlangt.

Man ik keek al nich mehr op de Kinner. Miteens sehg ik mi sülm wedder an de Wand stahn. As lütten Sextaner in der Oberrealschool. Jüst harr uns Mathelehrer seggt: Hart wie Kruppstahl, zäh wie Leder und schnell wie Windhunde will euch der Führer haben. An die Wand! Wettrechnen!

Wi stoven an de Wand, un denn knattern ok al de Opgaven op uns dal: 3 x 18; plus 4 x 5; minus 2; dividiert durch 8. Gleich!?

Un dat duur man en lütten Ogenblick, denn knall dat vun de Wand trüch, veer, fiev Stimmen dörchenanner: Neun!

Möller ein Schritt vor. Nächste Aufgabe.

Un ik hung an de Wand, kunn nich denken, kunn nich reken, weer as lahm. Links un rechts vun mi gung dat Schridd för Schridd na vörn.

Un denn weer't wedder sowiet: Mit dree Mann stunnen wi noch an de Wand, de annern weern mit dat Speel dörch. Links vun mi Peter Ibs, rechts Korl Denker. He harr nu Sluß maken kunnt, uns Mathelehrer, harr seggen kunnt: Drei Verlierer. Setzt euch. Denn weern wi na uns Plätz gahn un harrn uns daalsett. Mit dree Mann geiht sik dat lichter för all Ogen. Aver he sä, wat he jümmer sä: Jungs, ihr müßt lernen zu kämpfen! Un denn stell he ganz lichte Opgaven. Un de dree lütten Sextaners dor achtern an de Wand, de fungen dat Kämpfen an, en gegen den annern. Nüms wull de Letzt ween.

So gung dat Week för Week, man denn, den enen Dag, ik stunn an de Wand, do heff ik miteens ophöört. Ik weet nich, woans dat kamen is, utdacht heff ik mi dat nich, dat weer eenfach so. Ik höör dor nich mehr op hin, wat de Lehrer dor vörn för Opgaven stell. Ik stunn, föhl de Wand, sehg buten de Bööm, de Wind dreev de Blöder vör sik her; ik keek na de Wulken, de över den Himmel susen; maal reten se op, do schien för'n lütten Ogenslag de Sünn, se full op de Wand, un ik föhl de Warms.

Wat sä de junge Lehrerin vun de veerde Klass na ehr Stunn? Wettrechnen mögen sie zu gerne, und Konkurrenz belebt das Geschäft.

Dat mag ween, heff ik seggt, aver Konkurrenz is nich allens in't Leven.

Se keek mi an, stutz un sä fründli: Natürlich nicht, so meine ich es auch nicht.

Ik nehm an, se hett noch narms an de Wand stahn.

Bitte, meine Herren

Wat kann en nich allens beleven, wenn Studenten ehr Prüfung maken doot. Schiß hebbt se je all, dat hebbt wi ok hatt, un en schall dat nich vergeten. Wat ik aver mit een vun de jungen Lüüd mitmaakt heff, ik weet nich, wat dat sowat noch maal geven warrt.

1968. Dat weer de Tiet, do gungen de Studenten op de Straat, un se harrn dor Grund to. Mien jungen Mann jümmer eerst Mann an de Sprütt, he weer de Boß vun de jungen Lüüd, un wenn he för ehr mit de Perfessers strieden dee, denn kreeg he sik mit de so in de Wull, as man jichens en Tarifpartner den annern an de Plünnen gahn kann. Vunwegen ›Herr Professor, dürften wir ...‹. Nix! Égalité! Herr Marx, Herr Marcuse. Dat hett em Spaaß maakt.

Nu mutt aver ok so'n Mann je maal sien Prüfung maken, un wat so'n Prüfung anlangt, in de süht dat leeg ut mit de ›égalité‹, dor warrt fraagt, un de Kandidat mutt antern. Süh, un dat hett em piesackt. Prüfer und Prüfling, dat hett he as Baven un Ünnen ansehn, un dor wull he sik partout nich in schicken. So keem he denn, as he kamen is.

Ik weet den Dag noch genau, en hitten Sommerdag, de Kommission weer versammelt, de Vörsitter, en vun't Ministerium, de harr de Tiet wull noch nich ganz mitkregen, de seet noch in Swatt dor. Dat weer en paar Minuten vör dree, Klock dree schull de Prüfung anfangen, do klopp dat an de Döör, un ehrer de Vörsitter noch ›herein‹ seggen kunn, do keem uns Kandidat al rin.

Also ik heff dacht: Ich hab' eine Erscheinung!

He: baarfoot, Turnbüx an, nakelte Boß, bloots um de Schullern so'n lütt Bolerojäckchen. So stunn he in de Döör.

De Kommission keem hooch, as kunn se nich glöven, wat se dor sehg.

Do sä he: Bitte, meine Herren, behalten Sie doch Platz.

Bums seet se wedder.

Denn sett he sik daal, slöög dat een Been över dat annere, fummel sik en Zigarett ut sien Bolerojack un heel uns de Schachel hin:

Sie rauchen?

De Vörsitter weer so verdattert, nehm en Zigarett, leet ehr aver foorts wedder fallen un sä: Ich rauche nicht.

Aber man darf? sä de Kandidat.

Bitte.

Denn steek he sik en an, bloos den Rook in de Luft, keek op de Klock, dat weer dree, un sä:

Ja, 15.00 Uhr, ich denke, wir fangen an.

He hett en allerbest Prüfung maakt, de junge Mann, denn he weer en vun de Kloken. Een Deel allerdings hett he noch nich mitkregen hatt, dor weer he to jung to un to opsternaatsch: He hett sik jüst so opführt, as he dat vun sien Lehrers nich lieden much, vun Baven na Ünnen. Bitte, meine Herren, behalten Sie Platz! Aver ok dat hett sien goden Sieden: So kann en gewahr warrn, wo lachhaft de egen Manieren gelegentli sünd.

III

Föhl ik dat?

He geiht mi nich ut den Kopp, de Mann mit de Batterien. Wi övernachen in datsülvige Hotel, seten alleen in't Restaurant un eten. As de Kellner em un mi to glieke Tiet dat Beer broch, do prosten wi uns vun Disch to Disch to. So kemen wi in' Snack.

Warrt koolt vunnacht, sä ik, liggt Frost in de Luft.

Batteriewedder! anter he.

Wat för'n Wedder? fröög ik.

Ik verkoop Batterien, sä he. Wat menen Se wull, woveel Autos morgen fröh nich anspringen doot. Dat vun mien Söhn ok nich. De Batterie is op. Dat heff ik em al hunnertmaal seggt, aver he höört je nich. Hebben Se ok Kinner?

En Dochder, sä ik, fiefuntwintig, de is aver verheiraadt.

So mutt dat ok ween, lach he, de Göös na Wiehnachten, de Appels na Fasselavend un de Deerns na dörtig, de hebbt den Gesmack verloren. Gah mi af mit de groten Gören in't Huus. Uns Küken is achteihn, aver klöker as de Hehn un de Hahn, un Snacks an' Lief, dor is dat Enn vun weg. Schall he maal wat hölpen, Inkopen, Goorn umgraven, un will dat nich, denn kickt he di fründlich an un seggt: Gerne, aber im Augenblick fühle ich das nicht. Und ich möchte nichts gegen mein Gefühl tun. Ik wull em dat maal trüchgeven, sien Auto sprung nich an, ik schull em anschuven. Gerne, heff ik seggt, aver momentan föhl ik dat nich. Kein Problem, seggt he, schön, daß du endlich deine Gefühle entdeckst. Ik harr em en langen kunnt. Wi harrn fix en op den Hoot kregen, wenn wi unsen Olen sowat seggt harrn. De Minsch hett doch ok Plichen! Aver mit de kannst em nich kamen. Pflichten, die ich nicht fühle, seggt he, sind Zwang. Un dor is he nich för. Wat seggt en nu to sowat?

Tscha, sä ik, wat hett de anner Vadder seggt? De Verstand kummt mit veerdig, mien Söhn is negenundörtig. Un Se ehren, smuster ik, de is eerst achteihn.

Do keek de Mann mi nadenkern an un sä: Schall ik Se wat ingestahn? De Jung hett mehr Verstand as ik. Un dor kann ik mi an dullsten över argern. Ik verkoop nu siet twintig Johren Batterien. Föhl ik dor noch wat bi? In de jungen Johren hett en dor nich över nadacht, en wull wat warrn. Man nu? Allens dor: För wat noch Batterien? Se hangt mi ut'n Hals rut. Un so'n Bengel seggt, en schall nix gegen sien Föhlen doon. Ik schall ehr aver noch foffteihn Johr verkopen!

Ik wull em opmuntern un sä: Dat weet wi doch, grote Wöör un fetten Speck, de blievt nich in'n Hals steken. Junge Lüüd sünd radikal, dat kost ehr je ok nix.

Stimmt! sä he. Un wat sünd wi?

Denn keek he op de Klock, sä: Nix vör ungood. Ik schall morgen fröh rut. Dank för den Snack.

Un gung. Aver he geiht mi nich ut den Kopp, de Mann mit de Batterien. Wat sünd wi denn nu?

Glück?

Annerletzt hebbt wi dorum snackt: Wat is Glück?

Glück, sä Hermann Öhlerich, dat sünd süß Richtige in' Lotto.

Nee, dat is keen Glück, anter Korl Denker, dat is Tofall. Glück, dat is …

Aver denn fung Korl dat Stamern an, keek verbaast, as worr he sik wunnern, wat he dat nich op'n Stutz seggen kunn. Tscha, wat is Glück? süüfz he.

Do meen Peter Timm: Glück is, wenn twee, Mann un Fruu, so goot tohoop passen doot, dat de en den annern al gor nich mehr marken deit; se stöört sik nich; allens paßt; Harmonie.

Na, grien Hermann Öhlerich, wenn dat Glück ween schall, dennso bün ik mit mien Ohrensessel glücklich: paßt, kann ik kommodig in sitten, stöört mi nich, anners keem he ruut.

Denn weet wi nu je Bescheed, lach Hein Matzen, aver laat uns dat Thema man lever fallen laten, en schall sik in sowat nich rindenken, denn wokeen hett al so'n schöön' Sessel tohuus stahn!

Denn hebbt wi dor ok nich wieder um snackt.

Man nu ik hier in mien Ferienhotel sitt un jeden Avend de Fruu mit den Slötel un den Mann mit de Zeitung tokiek, fallt mi Peter sien Snack vun't Glück wedder in: Denn wenn dat na Peter sien Menen geiht, denn sünd de beiden dor en glücklich Paar.

Se un he, knapp över de fofftig, jeden Avend, Klock halvi söven, kaamt se in den Saal, wo wi uns Eten kriegt. Se mit den Slötel in de Hand, he mit de Zeitung, sett sik an ehren Disch, töövt op den Kellner. Halbpension.

Sodra se sitt, fangt he dat Lesen an, se kickt eerst noch en beten in de Runn, wat dor niege Gesichter mank de Gäst sünd, denn aver, wenn dor nix mehr to kieken is, fangt se an un maalt mit den Slötel Figuren op dat Dischdook.

Wenn de Kellner mit de Spieskort kümmt, fahrt se gau mit de flache Hand över de Deek un will de Streken wegmaken, wat aver je nich geiht.

Denn leest se ehren Mann vör, wat dat to eten gifft; hett se dat faat, wo he Aptiet op hett, lett he dat Blatt en Stück sacken un nickt ehr över den Rand to. So maakt se dat elkeen Avend.

Ünnert Eten schall en nich snacken, dat doot se ok nich. Af un an kickt he maal op, nickt na dat Saltfatt röver, wenn dat op ehr Siet steiht, denn schufft se em dat hin. Oder se kickt op, nickt na dat Saltfatt röver, wenn dat bi em steiht, denn schufft he ehr dat hin.

Wenn se mit dat Eten trech sünd, denn sitt se noch en Wiel. Se bekickt noch maal de annern Gäst, wat de op ehren Teller hebbt; he kriggt sik dat Blatt wedder her. Mitünner blarrt dor ok en lütt Göör, denn kiekt all Lüüd na de Öllern. Ok he schufft denn sien Brill hooch un söcht, wo de Larm herkummt. Denn kickt he sien Fruu an, schüttkoppt, lett de Brill wedder sacken un leest.

Nu duurt dat nich mehr lang, se steiht op, nimmt ehren Slötel, geiht op de Stuuv. He sitt noch en halvstunnstiet, drinkt en Beer, denn folgt he ehr.

Süß Daag geiht dat nu so, keen Larm, keen Striet, süht allens harmonisch ut, aver nich jüst glücklich.

De Kreihen

Kennenlehrt heff ik em, do reep he sien lütten Köter, de snüffel sik jüst na den Floor vun mien Ferienhuus rin. De Ool stunn an de Poort un kummandeer: Come here!

Ik broch em den Hund. So kemen wi in' Snack. Egens weer dat gor nich sien Hund, sä he, he hett de Fruu vun de anner Stratensiet tohöört; he nück na so'n lütt Kaat röver; man de is vör'n paar Weken dootbleven. Nu löppt he mit mi. Wo schall he sunst ok hin, vun all Lüüd in't Dörp hett he mi an besten kennt. Na ja, sä he denn, ik schull man maal inkieken, wo ik doch nu för'n Tiet lang sien Naver in Irland weer, un schull en Snaps mit em drinken. He worr em sülm maken, very special, grien he.

Un dat weer he denn ok, very special, mi bleev meist de Luft weg. De Ool wull sik weglachen. Wi seten in sien Köök, he huus alleen in de Kaat. Sien Fruu weer al lang doot, vertell he, se harr Krebs hatt. As de Dokter em seggt harr, se worr nich wedder, do harr he ehr na Huus hoolt. She died in my arms, sä he. Gesundheit is nich allens in't Leven, un wenn't op dat Enn togeiht, eerst recht nich.

Den enen Dag fröög he, wat ik den Avend maal mitkamen wull. As dat Schummern worr, gung he mit mi över de Wischen na so'n lütt Holt to. As wi anlangt weern, sä he, ik schull mi man setten, dat worr noch'n Wiel duurn. He brenn sien Piep an un huuk sik blangen mi.

Na'n Tiet lang stött he mi an un nück na dat Dörp röver. Dor keem en groten Swarm Kreihen anflogen. Se kaamt vun de Feller, sä he, güntsiet dat Dörp, hier slaapt se, in düsse Bööm. Nu schull ik man maal oppassen, wat ik nu to sehn kriegen worr.

De Kreihen seilen um de Bööm, leten sik miteens fallen, as wullen se to Roh gahn, stoven aver foorts wedder hooch, as harrn se sik för wat verjaagt, schesen op'n Stutz na anner Bööm röver, nerrn dat Feld. Leten sik dor aver nich daal, kemen trüch, dammeln hooch över uns Köpp hin un her.

So geiht dat jeden Dag, sä de Ool, is Bettied för ehr, aver se möögt noch nich to Klapp. As de Kinner. Se speelt de Tiet en beten rut.

Man denn sack de hele Swarm op'n Slag daal, full mank de Blöder un keem nich wedder vördag.

It's over, sä he un stunn op. Veel Daag worr he hier so sitten un de Kreihen tokieken. Kieken, woans de Natur ehren Gang geiht. He kunn dor de Klock na stellen, wenn se achter dat Dörp opstegen un op dat Holt toflegen worrn. Aver he harr de Klocken in sien Huus al lang aflopen laten un nich wedder optrokken. He harr nu ok sien egen Tiet, natures clock, sä he. Denn gungen wi na Huus.

Jeden Sünndag keem een vun sien Kinner, hark de Hoffsteed, rüüm de Kaat op un trock den Olen en frischet Hemd an.

Se hebbt Bang, wat ik ehr bilüttens ut dat Ruder loop un de Navers dat Snacken anfangt, grien he. Aver ik heff soveel Meters harkt in mien Leven, soveel op- un wegrüümt, soveel Möög för'n goden Indruck opbrocht, dat langt. För den Rest kann ik mi dor nix mehr rutsehn.

Denn keem mien letzt Dag op de Insel. Ik schull em den annern Morgen doch jo noch goodbye seggen, sä he, wanneer ik denn fohren muß.

Klock acht.

Oha, nee, denn worr dat nix warrn mit dat Goodbye-Seggen, lach he, Klock acht, denn worr he noch slapen. Dat weer je doch een vun sien gröttst Vergnögen, so lang in de Puuch leggen, as he Lust harr. Dat günn ik mi, sä he, un dorum muß he mi nu al adjüüs seggen.

Wat he denn den annern Dag so maken worr, fröög ik, wat he na de Kreihen gahn wull?

Nee, sä he, den annern Dag wull he na sien Köh kieken.

Dor heff ik em oftins sehn. He hett so dree, veer Köh op de Wisch lopen. Denn sitt he achter den lütten Steenwall, de um de Koppel steiht, smöökt sien Piep un kickt de Köh to. De gaht geruhig, leggt de Tung um't Gras, riet, treckt dat in't Muul, kaut, sluckt, laat sik daal, liegt, wedderkaut, dööst, laat dat Nacht warrn un wedder Dag. Natures eternal clock.

Jümmer wedder bloots Köh

Nu de Daag düster warrt, denk ik mennigmaal an den olen Buur Wichmann. Bi em kunn en tokieken, wo he langsaam ut de Welt gung. So lang as ik mi besinnen kann, hett he mit sien Tiern snackt un hett ehr all mit Naam kennt. Na, mien Liese, hett he to de Köh seggt, un du, mien Alma. Sülm sien Schaap hett he kennt. Wo kann dat angahn, heff ik maal fraagt, dat du ehr uteneen holen kannst? Ja, se hebbt all ehr egen Gesicht, sä he. Mussen se to School gahn, ik kunn di dat nu al seggen, dat dor warrt maal dat Abitur maken, dat anner dor de Realschool, dat dor achtern aver, dat is to dumm för all Scholen, dat Schaap is so dusselig, wenn't regen deit, un de Gröven sünd vull vun Water, dat fallt dor rin! Wenn ik nich oppassen do, suppt dat af, denn so'n Schaap, sä he, dat suppt vun achtern af, dat kummt nich wedder hooch. Man as Wichmann öller worr un öller, do hett he dat Snacken mit de Tiern instellt. He hett jümmer noch vör ehr stahn, hett ehr bekeken, aver snackt hett he nich mehr. Nanu, heff ik fraagt, keen

Woort mehr över för de Köh? För Liese, Alma un Helene?

Tscha, ik weet nich, hett he antert, wenn ik ehr so ankiek, se sünd doch all liek, sünd Köh, Johr um Johr Köh, jümmer wedder bloots Köh …

Horizont

Dörch en swatte Seel kann en de Sünn nich sehn. Desterwegen heet dat ok in dat ole Karkenleed: Die höchsten Güter sind unsere Gemüter. Dat hett ok Hermann Öhlerich to weten kregen. Vör dree Weken seet he noch bi uns an' Stammdisch to Kortenspelen, nu liggt he in't Krankenhuus, hett Krebs un is frisch opereert. Aver liekers de Dokter em seggt hett, de Schiet weer allens ruut, he kunn sik wedder to dat Leven freuen, Hermann leeg Dag för Dag, versack in de Düsternis un sä jümmer bloots, wenn wi em besochen: Ik heff dat Enn faat.

Man denn keem Brockbarthold. De stunn den enen Morgen bi Hermann an't Bett, sä, he weer för düsse Week sien Pleger, un sung miteens vergnöögt: Reise, Reise aufstehen! Waschen! He weer bi de Mariners maal Oberbootsmann ween un swöög vun de Tiet. Hermann reet de Ogen op: Wat schall ik? kröchel he. Opstahn? Ik bün dootkrank!

Dat is vörbi, sä Brockbarthold, aver wuschen

sünd Se noch nich. Un wi öövt hüüt dat richtige Waschen!

Un ehrer Hermann sik versehg, trock de anner em sachen hooch, sä: Been na Backbord! schoov Hermann sien Been över de Bettkant, leet ehr vörsichtig daal, un Hermann seet. Em stunn de Sweet op de Stiern. Mi warrt swiemelig, bibber he, halen Se fix de Waschschöttel! Man Brockbarthold sä heel nett: Waschen doot wi uns dor! un nück na de Wascheck. Wüllen Se mi um de Eck bringen! japp Hermann. Nee, sä Brockbarthold, ik bring Se na't Waschbekken. Geev nu Order: Langsame Fahrt voraus! un stüür Hermann, Pett för Pett, na den Stohl vör't Waschbecken. Un wenn Hermann den Kopp daalsacken leet, denn reep Brockbarthold: Kopp hooch! Ogen op! Nich na ünnen kieken, jümmer den Horizont anpeilen, anners warrt wi düsig un loopt op Grund! So keem Hermann dat eerstmaal op de Ööt.

Un so gung dat nu Dag för Dag. Reise, Reise aufstehen! Lopen! Eerst in de Stuuv, denn langs den Fluur un nu al vör de Huusdöör. Un wenn Hermann dat Stöhnen anfangt, denn seggt Brockbarthold: Ah, nu man loos! Kopp hooch, Ogen op un jümmers na den Horizont kieken. Dor wüllt wi hin! Un Hermann süüfzt: Vun wegen Horizont! Achtern Horizont liggt noch en un denn wedder en, ik kann nich mehr, wo lang schall ik denn noch lopen? Un Brockbarthold antert: Wi loopt so lang, bit Land in Sicht is. Un Land, dat liggt jümmer achtern Horizont.

Anonym

Ik harr Walter Johannsen de Blööm geern op sien Graff leggt hatt, aver ik kunn dat nich finnen, se hebbt em anonym beerdigt. Nu stah ik dor mit den Struuß, un miteens fallt mi Raffael wedder in. Dat weer in Rom, vergangen Johr, in dat Pantheon, dor liggt he graven, mank de tweet un drüdd Nische linker Hand, he, de grote Maler. Un as ik dor so stunn un de lütt Tafel studeer, wo sien Naam opsteiht mit de Daten 1483 bit 1520, do sehg ik den lütten Blomenstruuß. De liggt dor an de Eer in Raffael sien Nische, un mank de Blöder stickt en Zeddel: Gracias, Raffael, för de Biller! Meist fiefhunnert Johr na sien Doot kummt dor en, weet, wo Raffael leggen deit, un bringt em Blomen.

Un ik stah hier in de Küll, bün de Wegen vun den lütten Karkhoff op un daal lopen un heff Walter Johannsen socht, mien olen Kolleeg, wull noch maal twee Regen mit em snacken, heff dat je eerst ehrgüstern to weten kregen, dat he vergangen Week storven is. Wiß, ik kann ok so an Walter denken; aver dat harr de Mann oder de Fruu in Rom mit Raffael ok kunnt, harr sik vör een vun Raffael sien Biller stellen, an em denken un ›danke‹ seggen kunnt. Aver Blomen harrn se em nich mitbringen kunnt in't Museum, de harrn de Wärters ehr afnahmen.

Wo bliev ik nu mit den lütten Struuß för Walter? Ik gah na den Utgang, lees de Naams op de Graffsteens. Bliev stahn: Alma Söhl. Ik kenn ehr nich, weet nich, wat se för en ween is. Aver weet tominnst, ehr hett dat maal geven, dor steiht ehr Naam. Aver anonyme Urnenbestattung? Is de Naam eerst weg, verlüst sik ok bald de Spoor, denn anonym heet namenlos

Liekers en Stück Welt

So löppt de Tiet, nüms weet, wo lang wi noch mitloopt. Je länger wi ünnerwegens sünd, je mehr kiekt wi trüch. Wat weet wi noch vun de vergangen Dagen?

En, de vör sik hinleven deit, weet nix af vun Güstern, scheert sik nich um Hüüt un Morrn, leevt vun Dag to Dagen, is en Dagdriever. Kennt keen Geschichten un keen Geschichte. Kann nix vertellen. Dat Leven sackt achter em weg.

De anner fraagt: Weeßt dat noch? Un vertellt sien Geschicht. Wiß, sünd man lütte Geschichten, reckt nich ran an de grote Geschichte mit ehr Geschichten. Sünd liekers en Stück Welt.

Wat reep Oma Denker jümmer, wenn de Höhner vun ehr Naversch, dat ool Frollein Ibs, dör'n Tuun kropen un ehren Gaarn opkleien? »Wat'n Welt! Wat'n Welt!« schimp se un gung op dat ool Frollein daal. »Ik heff mien Arven doch nich för Se ehr Höhner seit!

Dat ool Frollein Ibs meen denn jümmer, in de Welt geev dat anner Dingen, de den Arger lohnen. Dit hier weer je doch to minn. Dat broch Oma Denker eerst recht in de Gangen. »Argern Se sik, över wat Se wülln!« reep se. »Ik arger mi över dit hier. Is je doch to dull! Wat'n Welt ok doch!«

Oma Denker is al lang doot, un ok dat ool Frollein Ibs leevt nich mehr. In ehr Hüüs wahnt anner Lüüd mit anner Geschichten.

De olen Geschichten aver sünd noch jümmer dor. En mutt ehr bloots vertellen.

Quellenverzeichnis

›Insichten un Utsichten‹ – Dankrede anlässlich der Verleihung der Ehrenbürgerschaft der Stadt Marne an Reimer Bull am 1. Oktober 2002 (Erstveröffentlichung).

›Ole Straten‹ aus: *Hett allens sien Tiet* (1994).
›Etiketten‹ aus: *Över'n Weg lopen* (1988).
›Wullt du em hebben?‹ aus: *Langs de Straten* (1997).
›Dat Leven schüürt‹ aus: *So sünd wi je wull* (1992).
›Klopp‹ aus: *Hett allens sien Tiet* (1994).

›Assi‹ aus: *De langsamen Minuten* (1990).
›Reiseleiter‹ aus: *So sünd wi je wull* (1992).
›De Hirsch‹ aus: *Hett allens sien Tiet* (1994).
›Ich roller voran‹ aus: *De langsamen Minuten* (1990).
›Wettreken‹ aus: *De langsamen Minuten* (1990).
›Bitte, meine Herren‹ aus: *So sünd wi je wull* (1992).

›Föhl ik dat?‹ aus: *So sünd wi je wull* (1992).
›Glück?‹ aus: *Hett allens sien Tiet* (1994).
›Kreihen‹ aus: *So sünd wi je wull* (1992).
›Jümmer wedder bloots Köh‹ aus: *Langs de Straten* (1997).
›Horizont‹ aus: *Langs de Straten* (1997).
›Anonym‹ aus: *Langs de Straten* (1997).
›Liekers en Stück Welt‹ aus: *Över'n Weg lopen* (1988).

Alle genannten Bücher sind im Quickborn-Verlag erschienen.

Reimer Bull

Över'n Weg lopen
Geschichten ut de Lüttstadt

De langsamen Minuten
Geschichten vun hüüt un güstern

So sünd wi je wull
Dag- un Nachtgeschichten

Hett allens sien Tiet
Geschichten mank Anfang un Enn

Langs de Straten
Geschichten to'n Opbewahren

Wat för en Leven
Geschichten över Geschichten

Allens wasst na baven, bloots de Kohsteert nich …
101 Snack-Geschichten

Wiehnachten so oder so
Advent, Wiehnachten un Sylvester